Début d'une série de documents
en couleur

RÉCITS
AMÉRICAINS

PAR

M. XAVIER MARMIER

DE L'ACADÉMIE FRANÇAISE

TOURS
ALFRED MAME ET FILS
ÉDITEURS

OUVRAGES DE LA MÊME COLLECTION

FORMAT PETIT IN-8 — 1re SÉRIE

Tours. — Imprimerie Mame.

Fin d'une série de documents
en couleur

RÉCITS AMÉRICAINS

1re SÉRIE PETIT IN-8°

Hospitalité du gaucho.

RÉCITS

AMÉRICAINS

PAR

M. XAVIER MARMIER

DE L'ACADÉMIE FRANÇAISE

TOURS

ALFRED MAME ET FILS, ÉDITEURS

—

M DCCC XCIII

Nous empruntons, avec l'agrément de l'auteur, aux *Lettres sur l'Amérique* de M. X. Marmier, et surtout à son roman intitulé *Gazida,* quelques-unes de ces pages gracieuses, de ces récits touchants, où l'étude du cœur humain s'allie si bien à celle de la nature, où l'intérêt toujours soutenu fournit en même temps une agréable distraction pour l'esprit et une saine nourriture pour le cœur.

Le Canada, où M. Marmier place et fait réellement se mouvoir les personnages de son roman de *Gazida,* est de tous les points de l'Amérique visités et décrits par l'éminent voyageur celui qui l'a le plus charmé, celui qu'il se plaît surtout à dépeindre.

Sous sa plume sympathique, le pays et son aspect, les habitants et leurs mœurs nous apparaissent pleins de vérité et de mouvement. Les tableaux, les portraits abondent, et à l'émotion même qu'on éprouve en lisant, on sent que l'auteur a pénétré dans le vif de ses sujets, et qu'il a exactement rendu ses impressions. La vérité a une éloquence à laquelle le cœur ne se trompe pas.

Dès le début de *Gazida*, M. Marmier nous donne la clef de cette préférence qu'en toute occasion il témoigne pour les rives du Saint-Laurent.

« D'âge en âge, dit-il, l'amour de la France est resté implanté dans le cœur des Canadiens; ils s'honorent d'appartenir par leur origine à la France; ils gardent fidèlement ses anciennes coutumes, ses traditions religieuses, sa langue; ils se plaisent à entendre parler de la France, et lorsqu'il leur arrive quelque voyageur de ce pays de leurs aïeux, ils vont eux-mêmes au-devant de lui; ils lui ouvrent leurs demeures avec empressement, et l'accueillent avec une sorte de confraternité. »

Dans un autre volume, également extrait,

au profit de la jeunesse, des œuvres de l'aimable et savant académicien, nous avons montré ce patriotisme survivant à la patrie elle-même ; nous avons longé le grand fleuve, visité les villes qui bordent ses rives imposantes et fertiles ; nous avons enfin étudié le climat, les mœurs, et esquissé l'histoire du Canada.

Aujourd'hui nous n'avons plus qu'à développer, ou plutôt à appuyer ces descriptions, ces récits, par quelques anecdotes, par quelques traits charmants qui n'ont pu trouver place dans *les États-Unis et le Canada*.

Nous compléterons ce recueil par quelques belles pages consacrées à plusieurs des sites les plus remarquables de l'Amérique du Sud.

Un log-house fut construit.

I

UN VOYAGEUR CANADIEN

I

M. de Mériol est un de ces aimables gentilshommes, tels que j'en ai rencontré encore quelques-uns dans certains salons privilégiés de Paris, tels qu'on en voyait fréquemment autrefois, quand notre cher pays de France était renommé dans l'Europe entière pour son exquise politesse.

J'étais très heureux de savoir comment sa

famille était venue s'établir dans le Canada. Plus d'une fois je lui avais adressé à ce sujet quelques questions sur lesquelles un juste sentiment de respect ne me permettait pas d'insister ; il y avait répondu avec une exquise politesse, mais brièvement, et hier enfin il a eu l'expansion que je souhaitais, et il m'a raconté son histoire.

Nous étions assis, après dîner, dans une véranda appendue à l'une des ailes de sa maison, comme un des balcons en bois qui décorent les chalets de l'Oberland. De là nous dominions les pentes de la colline, les méandres de la vallée. Devant nous se déroulaient les jardins des settlers, avec leurs fleurs et leurs dômes d'arbres fruitiers, les champs de blé et de maïs dorés par les fécondes chaleurs de l'été, les vastes prairies sillonnées par des ruisseaux semblables à des tresses d'argent ; à l'horizon, le miroitement des eaux descendant de différents côtés, puis se réunissant en un même bassin, pour se jeter à la fois dans l'Ottawa, et la teinte bleuâtre de la campagne qui se confond avec l'azur du ciel. N'est-ce pas ainsi que nos désirs vagabonds, nos rêves aventureux doivent finir par se confondre en une même calme et lucide pensée, au pied du versant de la colline que nous commençons à descendre dès notre âge mûr, à la limite de notre horizon, sous l'éternelle lumière de Dieu ?

Après avoir quelques instants contemplé avec moi, dans une rêverie silencieuse, ce tableau d'une poétique nature, qui longtemps s'épanouit ignorée dans sa beauté virginale, et maintenant récompense si généreusement le travail de l'homme, M. de Mériol prit le premier la parole et me dit : « Ce hameau laborieux, ces champs jadis hérissés de plants sauvages et aujourd'hui couverts de riches moissons, c'est l'œuvre de mon père, une œuvre difficile, patiente, comme celle des Hollandais, qui ont dû eux-mêmes façonner le sol où ils ont construit leurs fermes industrieuses et leurs florissantes cités.

« C'était un temps de vertige horrible, de cruautés effroyables, qu'on a nommé le temps de la Terreur, qui a passé sur la France comme une armée d'Attila, comme le fléau de Dieu. Mon père venait de se marier avec une jeune fille d'une noble famille qui possédait, dans les montagnes du Doubs, la seigneurie de la Combe. Le lendemain même du jour où il célébrait son mariage, son père et sa mère furent arrêtés, conduits à Besançon, et, vingt-quatre heures après, guillotinés ; car alors, vous le savez, les sentences capitales étaient rapidement exécutées. Pour les farouches agents de la révolution, les têtes humaines les plus belles, les plus vénérables, étaient comme ces têtes de pavots que Tarquin abattait avec son bâton en se promenant.

« Mon père était aussi proscrit. Il y avait alors à Besançon un tribun fougueux qui signalait aux fureurs de la populace et aux décrets sanguinaires de la Convention les nobles de la Franche-Comté. Ces nobles, disait-il, se vantaient d'être en droit d'égorger sans pitié leurs serfs. A l'appui de ses accusations il citait une vieille charte latine du château de Montjoie. Seulement, là où le copiste de cette charte avait écrit *cervus*, le philanthropique avocat lisait *servus*, et transformait ainsi un droit de chasse en un acte de férocité impossible. Mais, à cette époque de régénération humanitaire, on n'y regardait pas de si près, et les vertueux patriotes frémirent d'horreur en apprenant que le moindre châtelain de Franche-Comté pouvait impunément massacrer ses serfs pour se réchauffer les pieds dans leurs entrailles fumantes.

« Grâce au dévouement d'un paysan de son village, mon père réussit à échapper aux poursuites de ces patriotiques associations qu'on appelait les comités de salut public, et à se réfugier en Suisse avec sa sœur et sa jeune femme. Là, la lecture d'une des relations de nos missionnaires le détermina à venir dans le Canada. De sa fortune, confisquée par les généreux amis du peuple, il lui restait environ cinq cents louis. Sa femme et sa sœur avaient quelques bijoux, dont elles se dépouillèrent sans regret pour faciliter ses projets. Avec son petit capital il se rendit en Angleterre et s'embarqua pour l'Amérique. L'horreur que lui inspirait le seul mot de république ne lui permettait pas de s'arrêter dans la république naissante des États-Unis. Il partit pour Montréal.

« Dans le besoin de solitude que lui faisait éprouver le deuil de son âme, dans l'exiguïté de ses ressources, il se mit à chercher, à quelque distance de la zone la plus habitée, un district où il pût obtenir à bas prix une certaine étendue de terre et vivre en paix dans le cercle si restreint de ses affections. Ce district lui plut par sa situation et probablement par sa sauvage apparence. Il y acquit, pour une somme modique, plusieurs centaines d'arpents, acheta des ustensiles d'agriculture, des chevaux, des bœufs, prit à ses gages deux robustes Canadiens et se mit à l'œuvre. Dans ce Latium désert il apportait, comme Énée, les reliques de cœur de la patrie, et il donna à sa nouvelle demeure le nom de la Combe, en mémoire du vallon franc-comtois où il avait uni son sort à celui de la noble femme qui le suivait dans son exil.

« Je ne vous dirai pas quelles difficultés il eut à surmonter, et quelles souffrances physiques il subit avant qu'il pût en arriver non point à une luxueuse situation de propriétaire où vous me voyez aujourd'hui, mais au plus modeste état de settler. Il faut avoir assisté aux premiers travaux de défrichement dans nos âpres forêts pour comprendre les obstacles que leurs tiges colossales et leur multitude de rejetons opposent à celui qui essaye d'y ouvrir une clairière, d'y conduire une charrue. Vous avez pu déjà vous en faire une idée en venant ici; mais dans d'autres régions du Canada vous verrez mieux encore cette lutte laborieuse de l'homme contre la puissance des éléments : noble lutte qui s'achève par le triomphe de l'intelligence, par la pacifique conquête du travail, par la transformation de ces terres incultes, de ces vastes déserts, en champs de blé et en villages florissants. A l'époque dont je vous parle, la tâche de mon père était plus difficile qu'elle ne le serait aujourd'hui. A plusieurs lieues de distance autour du sol où il entreprenait d'établir sa demeure, il n'y avait pas une habitation humaine, et en cas d'accident, pas un secours. Il fallait aller chercher jusqu'à Montréal les provisions alimentaires et les objets de première nécessité. Mais ma mère et ma tante furent pour lui deux courageuses auxiliaires. Élevées toutes deux dans les jouissances de la fortune, elles acceptèrent bravement leur nouvelle situation. Tandis que mon père pénétrait avec ses ouvriers dans la forêt, elles préparaient les repas de la petite communauté à leur foyer rustique ; elles allaient, comme les filles de la Grèce homérique, laver leurs vêtements dans le ruisseau, et plus d'une fois elles passèrent de longues heures à broyer de leurs mains délicates, entre deux pierres, le grain qui devait servir à former des galettes de farine, comme au temps des patriarches.

« Cependant un premier coin de terre fut dégagé des grands arbres qui l'obstruaient. Un log-house y fut construit. Jusque-là on avait campé sous la tente, et mon père m'a souvent dit la joie qu'il éprouva le jour où il s'installa avec ses deux compagnes dans cette grossière maison, qui leur offrait enfin un solide abri contre le vent, la neige et la pluie. Près de ce log-house, le sol défriché fut divisé en trois parts : la première devait être un jardin ; la seconde, un champ de pommes de terre ; la troisième, un champ de blé. Sans y songer, on réalisait ainsi la fiction agricole du roman de *Robinson*.

« Au printemps, le jardin, abandonné à la souveraineté absolue des deux aimables gouvernantes du logis, et cultivé par elle avec une naïve ambition, promettait de beaux légumes et même quelques jolies fleurs, semées sournoisement entre les bandes de choux et de carottes. Le champ de pommes de terre et le champ de blé fructifièrent également. Mon père se réjouissait du succès de son travail, et, pour comble de joie, en ce même temps, il me reçut dans ses bras. Ma naissance accomplissait le

plus ardent de ses vœux ; il ne pouvait pas la
célébrer pompeusement comme il l'eût fait dans
son château de Franche-Comté ; il ne pouvait
pas même me faire immédiatement baptiser,
car il n'y avait alors aucun prêtre dans le voisinage ; il se jeta à genoux avec ma tante près
de mon berceau, et pria Dieu de me prendre
sous sa protection. Le soir, ses ouvriers furent
invités à venir me voir, puis gratifiés d'un bol
de punch qu'ils burent gaiement à ma santé.
C'est ainsi que je suis devenu un citoyen du
nouveau monde, et je crois que je pourrais bien
aussi porter le titre de premier baron, comme
l'aîné des Montmorency. Je suis le premier
baron des forêts désertes.

« Après cet événement, mon père poursui-
vit son œuvre avec l'ardeur d'un cœur joyeux.
Il augmenta le nombre de ses bûcherons ; il
déblaya encore un grand arpent de terrain ;
mais, tandis qu'il s'enorgueillissait des résultats
de son labeur, une cruelle épreuve l'attendait.

« Une quantité d'arbres, abattus par ses
manœuvres, avaient été hachés et réunis en
un même monceau pour être brûlés, selon la
coutume quand on est trop loin d'une grande
route ou d'un fleuve pour pouvoir livrer ces
arbres aux marchands de bois. Un matin, par
un vent propice, on alluma ce bûcher, et bientôt on le vit flamboyer, et en quelques heures
cette masse énorme devait être réduite en

cendres. Mais voilà que tout à coup le vent tourne d'une zone à l'autre, et chasse violemment la flamme vers le log-house. Des étincelles brûlantes, des tisons résineux tombent sur le toit, sur les flancs de cette maison construite en bois de sapin; c'est un autre bûcher qui s'allume plus rapidement encore que le premier; le feu y éclate de tous côtés, et y darde avec une sorte de fureur sa langue rouge fouettée par le vent. Et pas une pompe, pas un secours charitable, pas un moyen d'éviter l'explosion de cet incendie !

« Mon père, éperdu, n'eut que le temps de rejoindre ma tante dans la chambre où déjà s'amassaient des tourbillons de fumée, d'enlever avec elle ma mère, et de m'emporter dans mon berceau, tandis que ses ouvriers s'efforçaient de sauver les meubles et les provisions. Quelques instants après la maison s'écroulait, et le soir nous campions sous quelques pieux couverts d'une toile. Le feu qui venait de dévorer notre habitation s'était communiqué à nos champs et y avait anéanti tout espoir de récolte. Après une année d'opiniâtre travail, mon père se trouvait dans un plus grand dénuement que lorsqu'il était venu planter sa tente dans ces bois; mais il était de ces hommes qui ne se laissent point décourager par une infortune, ni abattre par un désastre.

« *Bear and forbear* (souffre et endure).

Cette devise des Langfort ne doit-elle pas être celle de la plupart des hommes?

« Les traditions orientales racontent que le célèbre Timour, étant poursuivi par ses ennemis, après une des batailles qu'il perdit dans sa jeunesse, se réfugia dans une maison en ruine. Là, tandis qu'il se demandait, dans ses sombres réflexions, s'il ne devait pas à tout jamais renoncer à ses rêves ambitieux, par hasard ses regards s'arrêtèrent sur une fourmi qui essayait de traîner dans sa cellule un grain de blé plus gros qu'elle. Pour accomplir cette tâche difficile, la courageuse petite bête employait différents moyens. Tantôt elle s'efforçait de porter son lourd fardeau, tantôt de le traîner ou de le faire rouler sur le sol; fatiguée de ses efforts, elle s'arrêtait et paraissait renoncer à son entreprise; puis de nouveau elle y revenait. Soixante-neuf fois de suite elle tenta ainsi vainement d'enlever son butin. A la soixante-dixième fois, elle y réussit. Timour, qui l'avait suivie avec attention, se reprocha sa faiblesse en voyant cette persistance et cette ténacité d'un insecte. Il reprit les armes, et chacun sait quel usage il en fit, cet insatiable guerrier, ce fameux Tamerlan; mais jamais il n'oublia l'enseignement de la fourmi.

« Mon père avait la patience de la fourmi; il se remit bravement à l'œuvre, rebâtit sa maison, ensemença de nouveau ses champs, mais il faillit succomber à une autre catastrophe qui le frappait jusqu'au fond de l'âme. Dans l'espace de quelques mois, il perdit ma mère et ma tante, ces deux tendres compagnes de son exil, ces deux anges de son solitaire foyer.

« Après le désastre matériel qu'il avait subi, il était comme l'incendié que Schiller a représenté dans son poème de la Cloche : « Quelle « que soit sa catastrophe, une douce consola- « tion lui appartient ; il compte les têtes qui lui « sont chères. O bonheur ! il ne lui en manque « pas une. »

« Après ces coups terribles de la mort, il ne lui restait que moi sur la terre lointaine où l'avait jeté la tempête des révolutions. Il concentra sur moi toutes ses facultés d'affection. Comme il m'a aimé, mon pauvre père ! Ai-je bien fait tout ce que je devais pour le remercier de son amour ? Souvent j'ai lu avec une triste émotion, qui ressemblait presque à un remords, cette pensée de M. de Chateaubriand, qui s'est gravée dans ma mémoire : « Quand nos amis « sont descendus dans la tombe, quels moyens « avons-nous de réparer nos torts ? Nos inu- « tiles regrets, nos vains repentirs sont-ils un « remède aux peines que nous leur avons « faites ? Ils auraient mieux aimé un sourire de « nous pendant leur vie que toutes nos larmes « après leur mort. »

« Mon père n'était pourtant pas d'une nature

expansive ; il ne me faisait point de caresses ; mais il était constamment occupé de moi, et je devinais sa peine ou son contentement à l'expression de sa physionomie. Quand je fus en âge d'entrer à l'école, il me conduisait dans une institution religieuse de Montréal, m'embrassa, me mit entre les mains un médaillon qui renfermait un portrait de ma mère, puis détourna la tête, passa la main sur ses yeux et s'éloigna. L'automne suivant il vint assister à la distribution des prix. Par un singulier bonheur, j'obtenais tous les premiers prix de ma classe, et notre supérieur voulut me couronner lui-même. Quand cette cérémonie fut achevée, mon père s'approcha de moi, me posa la main sur le front et me regarda dans les yeux. Ce regard si doux, si tendre, si profond, je le vois encore ; jamais je ne l'oublierai.

« Le proverbe espagnol est bien vrai :

Amor de padre, que los demas es aire [1].

« Et un autre proverbe de la même nation ajoute par contraste :

Amor de nino, agua en costillos [2]. »

A ces mots, M. de Mériol se leva, s'approcha du balcon de la véranda, y resta un instant

[1] Amour de père, le reste est de l'air.
[2] Amour d'enfant, de l'eau dans un panier.

accoudé en silence, comme un homme qui s'efforce de comprimer une émotion, puis il revint s'asseoir auprès de moi et continua son récit :

« Quand mes études, dit-il, furent achevées, je rentrai à la Combe. Mon père me demanda si je me sentais quelque penchant pour une carrière militaire ou civile. Je lui répondis que je n'aspirais qu'à rester près de lui. Il me serra la main. Si je lui avais dit que je désirais entrer dans le barreau ou dans l'armée, il ne s'y serait point opposé; mais le vœu que je lui manifestais était d'accord avec le sien.

« En 1825, nous partions ensemble pour la France. L'indemnité accordée par le gouvernement de la restauration aux émigrés nous donnait une fortune inespérée. Mon père me conduisit dans son pays de Franche-Comté, dans le domaine de ses aïeux. Ce domaine avait été morcelé et acheté par les paysans du village. Le château avait été démoli; il n'en restait que quelques traces : deux fossés à demi comblés et un rempart à moitié rompu, vestiges dérisoires qui semblaient n'avoir été conservés que pour attester l'inutilité de ces moyens de défense contre le plus redoutable des orages, l'orage des soulèvements populaires.

« Avec la somme assez considérable qui fut payée à mon père pour les biens de sa famille, et pour ceux dont ma mère devait hériter, il

aurait pu aisément reconstituer son patrimoine,
reprendre sa place sur la terre de ses aïeux, et
conquérir ce qui était alors pour tant de gens
l'objet d'une vive ambition, le titre de membre

Le château était démoli ; il n'en restait que quelques ruines.

d'un conseil général, de député, peut-être même
de pair de France.

« Mais il avait adopté une autre patrie, con-
sacrée pour lui par la sueur de son travail, par
le lien de la douleur, le plus puissant des liens,
par l'œuvre difficile qu'il avait entreprise, par
les deux tombes creusées dans son exil. Il fit
restaurer la sépulture de ses parents ; il fonda
un établissement de bienfaisance dans l'église

où il avait été baptisé et dans celle où il s'était marié ; puis nous revînmes au Canada.

« Le capital qu'il apportait avec lui, il ne voulait pas le placer dans des spéculations industrielles ; il l'employa à acquérir et à défricher de nouveaux terrains. Il attira autour de lui des ouvriers, des agriculteurs. Il construisit à la place de son primitif log-house une belle maison, puis une chapelle, un moulin et une école. Sur la fin de sa vie il eut la joie de me voir marié, comme il le désirait, avec une douce jeune fille, dont ni lui ni moi, hélas ! nous ne prévoyions la fin prématurée. Il mourut en tenant sa main et la mienne dans ses deux mains convulsivement serrées. Son orgueil était d'avoir créé sur ce sol désert toute une active colonie, sa satisfaction de conscience d'y avoir tendu une main secourable à quiconque avait besoin de lui, et sa joie de me laisser ce double héritage : héritage matériel, héritage de charité. »

II

M. de Mériol, ayant ainsi achevé son simple récit, pencha la tête sur son sein et resta absorbé dans une muette rêverie, comme un voyageur qui, ayant fini son long trajet, s'arrête au bord du chemin, et retourne par la pensée dans les lieux qu'il a parcourus.

« Et vous n'avez jamais, lui dis-je, songé à quitter ce village?

— Non, me répondit-il. Pourquoi le quitterais-je? Tous les souvenirs qui me sont chers, et tous les liens que Dieu m'a donnés, ne sont-ils pas ici? « On n'emporte point, disait Dan- « ton, la patrie à la semelle de ses souliers. » Ma patrie à moi, c'est le coin de terre où je suis né, à l'ombre des forêts primitives, où sont ensevelis tous ceux qui furent mon monde, à cette extrémité des régions habitées. A mon âge, on ne doit point entreprendre une aventureuse pérégrination si l'on désire dormir près de la tombe de ses pères.

« Quand on a commencé dans ce pays à lancer des bateaux à vapeur sur les fleuves qui n'avaient jamais été sillonnés que par le canot de l'Indien ou la lourde barque du marchand, et à poser des rails sur le sol où l'on s'estimait heureux autrefois de trouver une sorte de chemin vicinal, j'ai été très souvent sollicité de m'associer à des spéculations qui devaient me rapporter des bénéfices considérables. Si nous devions avoir la longue existence que les livres de Moïse assignent aux premiers hommes et la nombreuse progéniture des patriarches, il me paraîtrait assez naturel que nous eussions le désir d'accroître notre fortune, pour en jouir pendant plus d'un siècle et pour la partager entre une postérité de Jacob et d'Ésaü. Mais notre vie est si courte ! Je ne comprends pas qu'on en plonge volontairement une partie dans le froid dédale des calculs pécuniaires, quand on peut en faire un plus doux et plus sage emploi. La fortune qui m'a été léguée suffit pleinement à tous mes besoins, et ma fille, mon unique enfant, ne désire pas que je m'efforce d'accroître cet héritage.

« Plus d'une fois aussi j'ai été engagé à entrer dans le mouvement des affaires administratives et politiques de ce pays ; on m'a même offert la députation d'un des districts de Montréal, et j'aurais pu devenir ainsi un des principaux fonctionnaires du Canada, et peut-être même un des conseillers du gouvernement, revêtu d'un bel habit brodé et occupant une place d'honneur dans les banquets officiels. Mais je me suis très scrupuleusement scruté, et j'ai reconnu que je serais un très pauvre discoureur, et qu'en acceptant le titre qui m'était proposé, je l'enlèverais fort sottement à un homme plus méritant ou plus ambitieux que moi.

« Je ne blâme point les ambitieux, je les plains quelquefois ; je plains surtout ceux dont l'ambition se tourne en des convoitises d'argent, et je remercie le Ciel d'avoir écarté de moi la coupe empoisonnée de ses misérables cupidités. Tout homme, si chétif qu'il soit, a pourtant certaines facultés physiques et morales à employer et une certaine tâche à continuer. Je me suis dit que la mienne était ici, sur ce sol labouré par mon père, dans cette communauté dont il a été le fondateur et qu'il m'a confiée. « Si chacun, a dit Bernardin de Saint-« Pierre, s'occupait de mettre l'ordre dans sa « maison, l'ordre serait dans l'État. » J'ajouterai à cette maxime : Si chacun faisait près de soi tout le bien qu'il peut faire, le bien serait universellement répandu dans l'humanité.

— Ainsi, dis-je à ce sage philosophe, qui de plus en plus me séduisait par son langage, vous êtes heureux de votre sort ?

— Heureux ! m'a-t-il répliqué. Vous savez les paroles que Mlle de la Vallière adressa à ceux qui l'interrogeaient dans sa retraite des carmélites. « Êtes-vous heureuse ? lui deman-« dait-on. — Non pas heureuse, répondit-elle, « mais contente. » N'est-ce pas la plus juste réponse que puissent faire ceux-là mêmes qui ont été le plus favorisés par la Providence? Oui, je suis content autant qu'on peut l'être dans ce monde, où il n'est donné à personne d'avoir un complet et perpétuel contentement.

« La terre que nous cultivons trompe souvent notre espoir. Mais ne calomnions point la terre, a dit un poète : « elle nous a nourris, « et une heure viendra où nous la prierons de « nous recevoir dans son sein. »

« Les gens que nous employons à notre service, ou avec qui nous avons d'autres rapports, ne sont pas toujours ce que nous voudrions qu'ils fussent pour notre utilité ou notre agrément; mais quelques gouttes de miel suffisent pour édulcorer une amère boisson, et quelques douces paroles, quelques procédés indulgents suffisent souvent pour apaiser une difficulté. C'est de notre vanité que viennent la plupart du temps nos exigences. Si nous n'avions pas l'idée que tout nous est dû, nous serions plus satisfaits de ce qui nous est accordé. Si nous avions moins de tendres complaisances pour nous-mêmes, nous serions moins sévères envers les autres.

« Un aimable écrivain, M. Joubert, disait : « Quand mes amis sont borgnes, je les regarde « de profil. »

« Combien de misérables petites révoltes nous nous épargnerions, si nous voulions voir ainsi de profil une quantité de choses qui, de face, nous seraient désagréables !

« La dernière recommandation que mon père m'ait adressée, au moment où ses lèvres allaient à jamais se fermer, est celle-ci : « Sois bon. » Lui-même m'avait donné toute sa vie l'exemple de la bonté. Je tâche de l'imiter.

« Ainsi que la colombe, je jette un brin d'herbe à la fourmi qui se noie.

« Ainsi que Job, je crois que je dois être, quand l'occasion s'en présente, le bâton de l'aveugle et le pied du boiteux. On dit qu'au temps où nous vivons la bonté est une sottise, et qu'on ne peut être bon et confiant sans être dupe. Dupe de quoi ? De quelques larmes hypocrites par lesquelles nous nous laissons toucher, de quelques protestations trompeuses qui obtiendront de nous un témoignage de sympathie immérité, peut-être aussi de quelques transactions accidentelles où nous serons accrochés par quelque main rapace, comme les moutons dans un étroit sentier par les épines d'un buisson. En résumé, ce ne sont pas de grandes causes d'affliction. Celui-là n'est-il pas bien plus tristement dupe, qui reste constamment en garde contre tout ce qui pourrait l'émouvoir, et se crée par sa défiance de perpétuels soucis ? Ce qu'il cherche pour être heureux est précisément ce qui l'empêche de l'être ; il regrette tout ce qu'il donne, il craint toujours de perdre. A la fin il sera, comme les plus pauvres, cousu dans un linceul et cloué entre quatre planches. Les épargnes qu'il aura faites en s'imposant une foule de privations, et en gardant sur sa poitrine une égide de fer, qui n'était point l'égide de la sage Minerve, seront livrées à des légataires qui jouiront gaiement de sa fortune, et l'accuseront peut-être de ne l'avoir pas faite plus considérable. »

L'escorte du convoi engagea le combat avec les Sioux.

II

AVENTURE D'ENFANCE DU P. HUMBERT

C'est encore M. de Mériol qui parle ; il me raconta l'histoire d'un de ces cœurs d'apôtres qui se consacrent à l'instruction des Indiens, allant perpétuellement d'une de leurs tribus à l'autre pour leur prêcher l'Évangile.

I

« Le P. Humbert, dit-il, est un homme à la fois doux et ferme, indifférent à son bien-

être matériel, plein de hardiesse et de résolution en ce qui tient à son œuvre évangélique.
Tout jeune, il a eu une étrange aventure. Son
père, riche marchand de bois de Montréal,
n'avait pas d'autres désirs que de l'associer
un jour à son commerce, et, en l'envoyant à
l'école, il lui recommandait de s'appliquer prin-
cipalement à l'arithmétique. Mais l'enfant avait
un goût ardent pour la lecture, surtout pour la
lecture des livres de voyage, vrais ou fictifs,
et les plus fictifs étaient ceux qui le charmaient
le plus. Il m'a raconté qu'il lut quatre fois de
suite le *Robinson Crusoé*. A l'heure de sa
récréation, il s'enfuyait dans le grenier avec
son cher livre, pour n'être pas troublé dans
son entraînement. La nuit il allumait sa lampe
pour le relire encore. Rien n'agit plus vivement
et quelquefois plus fatalement sur de jeunes
imaginations que la connaissance de certaines
œuvres... C'est ainsi, par exemple, qu'au Dane-
mark le mélancolique Ewald, ayant lu l'œuvre
si célèbre de Daniel de Foe, prit à onze ans la
résolution de se rendre en Hollande, avec l'espoir de trouver là un navire qui se dirigerait
vers Batavia, ferait naufrage en route, et le
jetterait sur une île déserte. Son maître le
rejoignit au moment où il s'acheminait vers la
plage, arrangeant dans sa petite tête ses fantaisies de voyage. Il était déjà à dix lieues de son
village.

« Sans connaître cette escapade du poète danois, le jeune Humbert, fasciné par la même lecture, prit la même décision; mais il alla plus loin.

« Avec l'argent dont son père le gratifiait assez libéralement, il se rendit à Albany. Là, comme il cherchait sur les rives de l'Hudson un navire prêt à partir pour les régions lointaines, il rencontra un de ces industriels dont l'Amérique pullule, et dont il devait être l'innocente victime.

« C'était un de ces hommes qui, dans les tiraillements de l'*auri sacra fames*, sont disposés à tout instant à se jeter dans toutes sortes d'entreprises : aujourd'hui dans une aventureuse expédition, demain dans les trames d'un complot préparé artificieusement comme des toiles d'araignées, pour capturer les pauvres insectes étourdis.

« Complètement illettré, sachant à peine signer son nom, cet homme avait besoin d'un clerc pour l'assister dans des comptes souvent fort embrouillés. Le candide fugitif semblait lui être envoyé à l'improviste par un propice Mercure; il le flatta dans ses rêves ingénus, et lui promit de le conduire dans des îles bien plus étonnantes que celle de Robinson. Enfin il l'emmena à New-York, et de là, par l'Ohio et le Mississipi, à Saint-Louis, où il voulait s'associer avec une de ces caravanes qui transportent des marchandises à Santa-Fé, la capitale du Nouveau-Mexique.

« Au milieu des prairies désertes, sur les rives de l'Arkansas, la caravane fut surprise par une bande de Sioux. Elle n'était point assez forte pour résister à l'attaque d'une de ces hordes de sauvages, montés sur d'excellents chevaux, brandissant leurs lances, leurs tomahawks ; quelques-uns portant des fusils, et tous poussant leur cri de guerre, un cri effroyable dont nul autre ne peut donner l'idée, un cri aigu, perçant, qui dans ses longues vibrations résonne comme un glas de mort, et laisse à jamais une impression d'épouvante dans l'esprit de ceux qui l'ont une fois entendu. A cette clameur terrible qui annonce l'apparition d'une troupe d'Indiens hostiles, comme les sifflements du vent annoncent un ouragan, la plupart des charretiers du convoi s'enfuirent ; d'autres se joignirent aux cavaliers armés qui escortaient les voitures, et engagèrent le combat ; mais ils furent bientôt vaincus.

« Brown, l'indigne patron du jeune déserteur, périt en essayant de défendre son ballot de soie, avec lequel il comptait réaliser à Santa-Fé un ample bénéfice. D'autres subirent le même sort ; d'autres furent faits prisonniers. De ce nombre était le malheureux enfant, qui pendant la bataille était resté éperdu, n'osant prendre la fuite et ne pouvant combattre. Les

Sioux, après avoir inspecté le riche butin qu'ils venaient de conquérir, se mirent en marche pour rejoindre leur campement, poussant devant eux leurs captifs, les aiguillonnant avec la pointe de leurs lances, et quelquefois les frappant avec leurs tomahawks.

« En approchant de leur village, ils annoncèrent leur triomphe par d'autres cris, et tous les gens de leur tribu, vieillards, femmes, enfants, accoururent à leur rencontre, et les accueillirent avec les transports d'une joie frénétique.

« L'année précédente, dans une rencontre du même genre, ils avaient été battus et avaient laissé plusieurs morts sur le terrain. La défaite qu'ils avaient subie les rendait plus fiers de la victoire qu'ils venaient de remporter, et le souvenir de ceux qu'ils avaient perdus donnait un nouveau stimulant à leur férocité. Les mânes de leurs compagnons devaient être apaisés, la tache de sang devait être lavée par le sang. Les prisonniers, enfin, devaient être sacrifiés à la vengeance de ceux qui déploraient la mort d'un ami ou d'un parent. Tous furent immolés, et leurs chevelures suspendues aux vêtements des guerriers comme de pompeux trophées. Humbert fut sauvé par une vieille veuve qui pria les chefs de lui remettre cet enfant pour remplacer celui qu'elle avait perdu quelques années auparavant dans un combat.

« Les chefs, après une grave délibération, y ayant consenti, elle emmena Humbert dans son wigwam, lui servit à manger, et, le voyant pâle et tout tremblant encore de la terrible scène à laquelle il avait assisté, elle étendit une peau de bison au fond de sa cabane et l'engagea amicalement à se reposer.

« Le lendemain, comme elle désirait qu'il fût réellement pour elle le représentant du fils qu'elle avait pleuré, elle lui ordonna de se plonger dans un étang voisin de sa demeure. Sans doute elle prétendait ainsi le purifier de son origine de face pâle. L'enfant obéit machinalement au signe impératif qui accompagnait ce langage inintelligible pour lui. Ensuite la vieille femme lui enjoignit de quitter ses vêtements étrangers, lui donna des leggings, des mocassins, et lui noua au cou un de ces coquillages qu'on appelle des vampum ; puis, à l'aide de deux de ses amies, elle le soumit à une autre opération plus difficile ; elle lui arracha, d'une main opiniâtre mais pourtant délicate, tous les cheveux, à l'exception de ceux qui se trouvaient au sommet de la tête. Là les Indiens portent, comme on le sait, une touffe de cheveux qu'ils défendent jusqu'à la dernière extrémité contre la convoitise de leurs ennemis. Cette chevelure que le guerrier scalpe lestement d'un coup de couteau en un léger tour de main, sur le crâne de son adversaire, c'est la

preuve palpable, c'est le témoignage glorieux
de sa victoire. Cette coutume existe depuis un
temps immémorial, et se perpétue parmi les
Indiens qui n'ont pas encore accepté l'enseignement du christianisme ou les lois de la
civilisation.

« Dans nos combats, disent-ils, nous nous
« battons à armes égales contre nos antago-
« nistes, et celui qui le peut enlève à l'autre
« sa chevelure. Le vainqueur a le droit d'em-
« porter un signe de sa bravoure, et il serait
« peu généreux à son ennemi de le priver de
« ce signe de triomphe ostensible que lui-même
« s'est efforcé d'acquérir. »

« Le missionnaire morave Heckwaledez disait
un jour à un Indien : « Puisque telle est votre
« raison pour garder une partie de votre che-
« velure, pourquoi donc ne la gardez-vous
« pas tout entière? » L'Indien lui répondit :
« L'homme n'a qu'une tête, et un flocon de
« cheveux de cette tête suffit pour montrer
« qu'on l'a eue en son pouvoir. Si, comme les
« faces pâles, nous conservions tous nos che-
« veux, on pourrait en tirer plusieurs cheve-
« lures, ce qui ne serait pas juste. D'ailleurs,
« le poltron pourrait ainsi partager sans péril
« le trophée du brave, et lui disputer l'honneur
« de la victoire. »

« Telle est la loi du scalp dans les peuplades
guerrières.

« La veuve compléta la toilette de son fils adoptif en lui attachant trois longues plumes rouges sur la tête, en lui peignant de différentes couleurs la figure et la poitrine, enfin en lui mettant au bras plusieurs larges bracelets d'argent. L'ayant ainsi paré, elle le conduisit à la tente du conseil, où étaient réunis les chefs de la communauté. L'un d'eux le fit asseoir sur une peau d'ours, lui présenta une pipe, un morceau d'amadou, un briquet et une pierre à feu. Tous les chefs s'assirent en cercle d'un air grave et se mirent à fumer dans un profond silence. Enfin celui qui déjà avait donné un premier symbole de confraternité à Humbert se leva, s'avança vers lui, et dit d'une voix solennelle : « Maintenant l'enfant « des faces pâles est la chair de notre chair et « les os de nos os. Par son immersion dans « le lac consacré à nos manitous, il a lavé « chaque goutte de son sang blanc; par les « ornements dont il est revêtu, il entre dans « la valeureuse nation des Sioux; il est adopté « par la grande famille; il doit tenir la place « d'un brave. Dès ce jour l'enfant des faces « pâles est lié à nous par nos lois et nos cou- « tumes : nous devons l'aimer, le protéger et « le défendre comme un des nôtres. »

« Quand les Indiens adoptent un prisonnier, ils le traitent, en effet, comme un des membres de leur famille, et l'on a vu des Européens qui, après avoir vécu quelques années dans cette condition, n'ont plus voulu la quitter.

« La vieille femme, qui avait demandé à garder notre jeune Canadien pour la consoler de son deuil et l'assister dans son isolement, se montra envers lui animée d'une affectueuse sollicitude. Il ne pouvait lui être que d'une faible utilité, car il n'avait pas encore appris à lancer une flèche, à manier un fusil ; mais elle supposait qu'un jour il deviendrait un vaillant guerrier et un adroit chasseur. Elle lui mit les armes de son fils entre les mains, et lorsqu'un matin il lui apporta une perdrix qu'il venait de tuer, elle l'accueillit comme s'il eût atteint à la course le plus agile bison, ou frappé dans sa tanière un ours formidable.

« Cependant il ne pouvait s'accoutumer à cette vie si différente de celle qu'il avait rêvée. Il regrettait amèrement sa riante ville de Montréal. Souvent aussi il s'affligeait de penser à la douleur que sa disparition avait dû causer à ses parents, et maudissait le jour où il avait eu la fatale idée de quitter leur demeure. Mais, quels que fussent ses regrets et ses remords, il fallait bien qu'il se résignât à sa triste situation : car de prendre la fuite, il n'y pouvait songer. Que serait-il devenu, seul, sans guide, dans ces immenses plaines, où les hommes les plus fermes et les mieux armés sont exposés à de nombreux périls, où les plus expérimentés ne parviennent quelquefois que difficilement à trouver leur chemin?

« Quatre années s'écoulèrent. Pendant ce temps, il avait appris à parler le dialecte des Sioux et à se servir assez habilement de leurs arcs en bois flexible, garnis de cornes d'élan ; il approvisionnait de gibier la tente de la vieille Indienne. Comme il était d'une humeur douce et inoffensive, on l'aimait dans la tribu. Lui pourtant ne se mêlait guère aux jeux des Indiens, et ne cessait de rêver à son pays de Canada qu'il avait si follement déserté.

« Une bataille l'avait fait captif, une bataille devait le délivrer. »

II

« En sortant un matin de sa demeure pour aller à la chasse qui était sa principale occupation, Humbert remarqua dans le village un mouvement inaccoutumé. Les jeunes guerriers examinaient les pointes de leurs flèches, ou préparaient le vermillon et la poudre qu'ils emploient à se peindre la figure et les bras dans les grandes occasions. Les chefs se rendaient à la tente du conseil ; l'un d'eux portait la longue pipe qu'ils devaient fumer tour à tour dans leur grave délibération. Cette pipe, que nous appelons le calumet, par une altération du mot français chalumeau, chaque tribu indienne lui donne dans sa propre langue un nom particulier, et chaque tribu en a fait une sorte d'instrument sacré.

« Chaque Indien a sa pipe plus ou moins élégante, qu'il remplit de tabac quand il a le bonheur d'en posséder une provision. Quelquefois, pour ménager cette denrée précieuse, il y mêle des feuilles de diverses plantes; quelquefois même il se contente de fumer l'écorce de divers arbres, tels que le bois tors, le bois rouge, le bois d'orignal.

« Mais la pipe qui est employée comme une sorte d'encensoir, dans les assemblées des chefs, la pipe nationale doit avoir par sa forme et par ses proportions un aspect solennel. Son fourneau est taillé dans un bloc de pierre rouge, et souvent ciselé avec un soin particulier; son tuyau, de quatre à cinq pieds de long, est parsemé de signes hiéroglyphiques, orné de broderies de différentes couleurs et de plumes d'oiseaux.

« Quand les chefs sont assemblés, l'assistant du grand guerrier remplit le calumet de tabac, ou, s'il ne peut faire autrement, d'un mélange d'herbes bien connues dans l'Amérique septentrionale sous le nom de kinnekanik. Il pose cette mixture sur des charbons ardents, avec les mêmes précautions qu'un valet de grande

maison de Turquie qui allume pour son maître
le chibouck où s'amoncellent les feuilles légères
du latakié.

« Ensuite il tourne la tige du calumet vers
le ciel, puis vers la terre, puis horizontalement
en un cercle régulier. Par le premier mouvement, il rend hommage au grand manitou ; par
le second il conjure les méchants esprits ; par le
troisième il invoque la bienveillance de tous
les génies de la terre et des eaux. Quand cette
opération est achevée, il présente le calumet
au chef héréditaire de la nation, qui, en ayant
aspiré deux ou trois bouffées de fumée, les
lance par ses lèvres et par ses narines, d'abord
vers le ciel, puis vers la terre. La pipe est
remise successivement aux autres chefs, qui
observent le même cérémonial.

« Humbert s'arrêta à examiner les préparatifs qui se faisaient autour de lui, et ne tarda
pas à en apprendre la cause. La veille, un
Sioux, errant comme un épervier à la recherche
d'une nouvelle proie, avait aperçu une caravane de marchands, et s'était hâté de revenir
dans son village pour y annoncer sa découverte.

« Cette nouvelle ne pouvait manquer d'enflammer l'esprit belliqueux et rapace de la tribu.
Les chefs ayant déclaré qu'on attaquerait le
convoi, tous les jeunes guerriers se préparaient
joyeusement à une bataille où ils espéraient

conquérir un précieux butin, et le soir ils se mettaient en marche. L'enfant des visages pâles qu'ils avaient adopté leur paraissait encore trop jeune et trop faible pour être associé à cette expédition ; en outre, ils n'étaient pas encore assez sûrs de son attachement à leur tribu, et craignaient qu'à la vue des blancs il ne se laissât entraîner à une idée de désertion. Il fut donc obligé de rentrer dans le village avec les femmes et les vieillards, tandis que la horde armée se dirigeait vers le campement qu'elle espérait surprendre dans l'obscurité de la nuit.

« Mais cette caravane n'était point composée uniquement de charretiers et de marchands. Le gouvernement américain, pour châtier les rapaces tribus qui infestaient la route de Santa-Fé, avait adjoint à ce convoi un escadron de dragons, sous les ordres d'un capitaine habile. Des sentinelles veillaient autour du convoi ; l'une d'elles ayant signalé l'approche des bandits, qui malgré leurs précautions ne pouvaient se dérober à l'attention d'un regard vigilant, le capitaine fit aussitôt éteindre tous les feux, rassembla ses hommes, leur ordonna de préparer leurs armes, de se coucher par terre et de rester dans une complète immobilité jusqu'à ce qu'il leur ordonnât de se lever et de monter à cheval.

« La nuit était assez sombre pour favoriser sa ruse de guerre. A quelques centaines de pas de distance, les Sioux s'arrêtèrent pour observer l'état du campement, et ne distinguant la fumée d'aucun foyer, ne discernant aucun mouvement, ils crurent que les gens de la caravane étaient tous profondément endormis, et se lancèrent impétueusement au galop en hurlant leur cri de guerre. Mais au même instant ils reçurent une volée de balles de deux cents carabines, qui firent une trouée sanglante dans leurs rangs. Terrifiés par une catastrophe si inattendue, ils s'enfuirent en désordre. Les dragons, qui en un clin d'œil étaient montés à cheval, les poursuivirent le sabre à la main, le pistolet entre les dents, en tuèrent encore un grand nombre, et firent prisonnier leur chef Mahtapa.

« Notre ami Humbert fut réveillé en sursaut dans sa tente par les cris bruyants, les sanglots et les lamentations des gens du village, qui venaient d'apprendre ce désastre. Chaque famille pleurait et se désolait. Mais ce qui affligeait surtout la belliqueuse peuplade, c'était la capture de son chef, qui souvent l'avait conduite à de glorieux combats.

« Avant tout, il fallait tenter de le délivrer des mains de ses ennemis, et comme on ne pouvait le leur arracher de vive force, on résolut d'envoyer une députation aux Américains pour négocier son rachat.

« Le capitaine de dragons près duquel se

rendit cette députation commença par demander
si les Sioux ne gardaient point parmi eux
quelque prisonnier de la nation des blancs.
A cette question, les Indiens se regardèrent l'un
l'autre en silence, comme pour se consulter sur
ce qu'ils devaient dire. L'un des chefs enfin
avoua qu'il y avait dans leur village un jeune
homme de la race pâle qu'ils avaient adopté,
et qu'ils avaient traité avec une affection particulière. Le commandant déclara qu'il n'écou-
terait aucune proposition avant que ce captif ne
lui fût rendu. Les Sioux ne pouvaient résister
à cette injonction; deux d'entre eux retour-
nèrent à leur village et en ramenèrent Humbert,
malgré les supplications et les larmes de celle
qui l'appelait son cher fils, son espoir, son
unique soutien.

« Je vous laisse à penser la joie du pauvre
garçon, quand il se vit si subitement affranchi
de l'odieuse situation où l'avait jeté son extra-
vagante étourderie, et à laquelle il ne prévoyait
plus d'autre fin que la mort, quand il fut remis
entre les mains d'un brave homme qui s'enga-
geait à le faire reconduire prochainement dans
son pays.

« Quelques mois après, en effet, grâce aux
soins du généreux capitaine, il revenait à Montréal, et se précipitait, comme l'enfant prodigue,
dans les bras de ses parents, qui, ayant longtemps et inutilement employé tous les moyens

possibles pour retrouver ses traces, le croyaient à jamais perdu.

« De ses quatre années d'expatriation, il conservait tout à la fois un sentiment d'horreur pour la barbarie des Indiens au milieu desquels il avait vécu, de commisération pour leur ignorance, et de gratitude pour l'intérêt qu'ils lui avaient témoigné. Ces diverses impressions ont en partie déterminé sa vocation religieuse. A la place du flocon de cheveux que la vieille Indienne lui avait laissé au sommet de la tête, les ciseaux de l'Église lui ont fait une tonsure ; à la place de la lance et du tomahawk, il porte une croix et un livre de prières : il s'est fait prêtre, et il est entré dans l'ordre des pères Oblats, qui se consacrent particulièrement à l'éducation des Indiens. Si son père et sa mère n'étaient pas si âgés, s'il ne craignait pas de leur faire une trop grande peine, en s'aventurant dans une longue entreprise, il serait déjà retourné sur les bords de l'Arkansas, pour porter l'enseignement de l'Évangile et la leçon de l'humilité chrétienne parmi ceux qui ne connaissent que l'enseignement de leurs grossières traditions, et s'enorgueillissent de leurs lois de guerre, de rapacité, de vengeance.

« En attendant qu'il puisse aller accomplir dans la sauvage prairie la mission qu'il ambitionne, il consacre, le plus qu'il peut, son temps et ses soins aux diverses tribus indiennes

disséminées dans son pays natal. Il va de l'une
à l'autre, avec sa douce et ardente pensée de
charité : précepteur de l'enfant, ami du vieillard, médecin du malade, frère du pauvre,
partout prêchant par son exemple autant que
par sa parole, partout répandant quelque consolation cordiale ou quelque don pécuniaire. Car
ses parents, qu'il a associés à son œuvre, ne
lui ménagent point leur argent; et cet argent
il l'emploie tout entier au service des indigents.
Ni la rigueur de l'hiver ni les difficultés d'un
long trajet ne l'arrêtent quand il entrevoit
quelque acte utile à accomplir.

« Les conteurs de l'Orient nous dépeignent
les merveilleux effets des montagnes d'aimant.
La charité chrétienne a son aimant, qui n'est
point une fable, son aimant qui attire, non
point les clous de fer d'un navire, comme dans
les récits de Sindbad le Marin, mais les pieux
dévouements.

« Notre courageux Humbert n'a du reste
à redouter, dans ses pérégrinations, que les
obstacles et les périls matériels; il peut s'aven-
turer sans crainte au milieu des plus rudes
peuplades de cette contrée. Tous les Indiens du
Canada le connaissent, sinon de vue, au moins
de nom, ayant entendu parler de ses bonnes
œuvres, car les bonnes œuvres sont comme les
parfums qu'une fleur répand dans les airs loin
du sol où elle s'épanouit. Tous les Indiens ont

appris à respecter cet ami de la race rouge.
« De temps à autre, il revient ici ; il a dans
cette maison sa chambre qui lui est constamment réservée, mais qu'il n'occupe guère. Il
dit la messe dans la chapelle, va visiter les
gens du village, puis les défricheurs et les
bûcherons épars dans les bois, et c'est à peine,
ajouta M. de Mériol, si je puis le garder quelques
instants près de moi à l'heure des repas. Depuis
six semaines, il est parti pour faire une de ses
tournées habituelles dans les campements du
nord de l'Ottawa ; je l'attends de jour en jour,
et il me tarde de le revoir. »

En disant ces mots, M. de Mériol s'était levé
machinalement pour jeter par les vitres entr'ouvertes la cendre de son cigare, et je le vois
qui penche la tête hors de la fenêtre, reste un
instant immobile, puis tout à coup s'écrie :
« En vérité, je ne me trompe pas, c'est lui,
c'est bien lui ! » Je m'approche de la fenêtre,
je regarde, et j'aperçois sur le sentier du village un homme vêtu d'une redingote noire,
portant à sa ceinture un petit sac en toile noire,
et s'appuyant sur un bâton, comme un voyageur fatigué.

Mon hôte va le recevoir sur le perron, l'embrasse cordialement, puis l'amène dans le salon
et lui dit, en me présentant à lui : « Un des
compatriotes de ma famille, un Français, et
qui plus est un Franc-Comtois, qui vient ici

tout exprès pour apprendre à connaître vos chers Indiens. C'est un nouveau néophyte que je vous livre, ajouta-t-il en riant; vous en ferez peut-être un missionnaire. »

Le P. Humbert me tend la main.

Si déjà je n'avais été si vivement prévenu en sa faveur par tout ce que M. de Mériol m'avait raconté de son existence, le caractère touchant de sa physionomie aurait suffi pour me gagner le cœur. Il n'a pas plus de quarante ans, et déjà les fatigues, les jeûnes, les privations qu'il a dû supporter dans ses diverses pérégrinations ont dénudé son front, blanchi ses cheveux, ridé sa figure. Mais sur ce visage amaigri, sur ces lèvres dont un léger incarnat colore à peine la pâleur, dans ces yeux à demi voilés par les plis de leurs paupières, il y a une expression d'innocence, de douceur, de bonté, à laquelle nul cœur ne doit résister. C'est l'image vivante de l'apôtre évangélique, tel qu'on peut se plaire à le concevoir, de l'homme sévère envers lui-même, plein d'indulgence envers les autres, qui se fait petit pour éclairer les petits, qui se soumet aux plus rigoureuses austérités pour pouvoir soulager ceux qui ont froid et ceux qui ont faim.

Debout sur un rocher, il vit le fragile bateau se précipiter dans les flots écumants.

III

JEAN CAYEUX

Jean Cayeux était un voyageur canadien, distingué par son courage et son habileté, très brave homme en outre, fort estimé des marchands qui l'employaient à leur service, très aimé de ses compagnons, quoiqu'il refusât de s'associer à leurs orgies, et rapportant fidèlement à sa femme et à ses enfants le produit de son travail.

Il habitait une cabane solitaire, près d'une des cataractes de l'Ottawa. Un soir il entend tout à coup retentir un cri formidable : c'était le cri de guerre, le cri de fureur d'une horde d'Iroquois qui, quelque temps auparavant, avaient voulu arrêter une cohorte de voyageurs, et avaient perdu deux de leurs guerriers dans cette bataille. Depuis ce jour, ils n'aspiraient qu'à se venger de leur échec, et ils venaient de découvrir la demeure de Cayeux.

Hors d'état de se défendre contre une telle invasion, Cayeux se hâta d'embarquer sa femme et ses enfants dans son canot, les conduisit au bord de la cataracte, puis remit sa rame entre les mains de son fils aîné en lui donnant ses dernières instructions, et quitta la frêle nacelle pour ne pas la surcharger dans ce périlleux passage. Debout sur un rocher, il vit le fragile bateau se précipiter dans les flots écumants, vaciller, tournoyer. Un instant il sentit son sang se glacer dans ses veines, et il ferma les yeux : la nacelle était plongée dans une onde impétueuse et paraissait perdue ; mais bientôt elle reparut, comme une mouette agile, à la surface de la rivière, et bientôt elle glissa mollement sur une eau paisible. Le terrible écueil était franchi, les trésors du cœur du bon Cayeux étaient sauvés.

En ce moment sa femme et ses enfants se retournaient de son côté ; les mains jointes, ils rendaient grâces au Ciel de leur délivrance, et invoquaient sa protection en faveur de celui qui, pour aider à leur salut, se condamnait à un danger mortel. Cayeux, qui avait les mêmes sentiments de piété, s'associa à leur prière, leur adressa du regard et de la main un suprême adieu, et s'enfuit dans les bois.

Un des Iroquois, furieux d'avoir trouvé sa demeure déserte, aperçut le brave Canadien immobile encore au bord de la rivière, donna un signal à ses compagnons, et tous s'élancèrent à sa poursuite ; ils le poursuivirent, comme des loups affamés, dans les sombres forêts. Cayeux avait eu l'espoir de rejoindre sa famille en se frayant un sentier à travers ces forêts ; mais il ne put accomplir son dessein. Les féroces Iroquois, épiant attentivement ses traces, l'obligeaient de plus en plus à s'éloigner de l'Ottawa. Pour échapper à leur implacable perquisition, le jour il se cachait dans les vieux arbres que le temps a creusés, et où les ours se retirent en hiver ; la nuit il s'enfonçait dans les taillis les plus épais. Enfin les Indiens, dépistés par ses différents subterfuges et son énergique résolution, renoncèrent à leur poursuite. Mais il se trouvait sur un terrain marécageux, désert, sans armes, sans ressources et accablé de fatigue. Les chétives provisions qu'il avait prises à la hâte en quittant sa cabane étaient épuisées. En regardant de côté et d'autre, il découvrit quelques baies et quelques fruits sauvages qui apaisaient un instant sa soif et sa

faim, mais qui ne pouvaient le raviver. Dans
son état de faiblesse et de misère, il n'avait
plus qu'un espoir. Les chasseurs canadiens
s'aventuraient quelquefois jusque dans ces lieux
sauvages ; comme il n'avait plus la force d'entreprendre un long trajet, il craignait d'ailleurs
de rencontrer encore des Indiens s'il sortait de
sa retraite ; il résolut d'attendre là le secours
providentiel qu'il demandait à la grâce de Dieu.
Il se fit, avec des branches d'arbre, une espèce
de wigwam, et en s'accroupissant sous sa malheureuse tente il répétait une des invocations
religieuses qu'il avait apprises dans sa jeunesse :

> Si je suis seul, pauvre et triste ici-bas,
> Mère de Dieu, ne m'abandonnez pas !

Mais les jours s'écoulaient, et de plus en plus
le pauvre Cayeux s'affaissait dans sa faiblesse
et son dépérissement. Un soir il vit un loup
s'approcher de son refuge : « Ah ! ah ! dit-il,
le brigand flaire déjà sa proie. Je ne suis pas
en état de fuir devant lui, mais je me défen-
drai encore contre ses dents et ses griffes. »

Une autre fois, il aperçut un corbeau qui se
posait sur un arbre voisin de sa hutte : « Ah !
vilain rongeur de cadavres, lui dit-il, tu viens
voir si bientôt je ne te servirai pas de pâture ;
mais j'ai encore assez de force pour t'effrayer. »
En disant ces mots, il poussa un cri, et le corbeau s'enfuit.

Un matin, trois petits oiseaux vinrent en chantant voltiger autour de lui ; leur aspect lui rappelait une chanson de son village, et il leur dit avec un accent de douleur :

> Gentils petits oiseaux des bois,
> Allez dire à celle que j'aime
> Que les saints sont loin de moi.

Quoiqu'il eût si grande envie de vivre, de revoir les êtres qu'il aimait et les rives de l'Ottawa, et le hameau où il était né, il sentait sa fin approcher, et n'ayant personne pour creuser sa tombe, il la creusa lui-même, et il fit une croix qu'il voulait tenir à la main à sa dernière heure. Pendant qu'il s'occupait de ces funèbres préparatifs, tout à coup il entendit des voix vibrantes résonner à son oreille.

Il leva la tête avec un mouvement de joie : c'étaient les chasseurs qu'il attendait perpétuellement, c'était le secours providentiel qu'il avait tant de fois invoqué. Par malheur, ce secours lui arrivait trop tard. En vain les charitables Canadiens essayèrent de le réconforter ; il était anéanti. Il leur raconta d'une voix défaillante sa lamentable histoire, puis tomba dans la fosse qu'il avait préparée.

Vers la fin du troisième jour, j'aperçus un canot.

IV

L'INCENDIE D'UNE FORÊT. — RÉCIT DU BATELIER
PASSE-PARTOUT

« L'incendie d'une forêt entière éclate fréquemment au Canada. Une flammèche d'un foyer apportée par le vent, une étincelle tombant d'une pipe sur des feuilles sèches, suffisent pour l'allumer. Quelquefois les Indiens mettent le feu à un bois pour prendre plus aisément le gibier, ou pour arrêter dans son évasion un de leurs ennemis, et j'ai entendu des gens graves affirmer que si, pendant les chaleurs de l'été, une tige sèche s'écroule sur une autre également sèche, toutes deux peuvent s'enflammer par ce frottement accidentel.

« Quoi qu'il en soit, il y a quelques années je revenais du lac Supérieur avec une douzaine de mes camarades ; nous faisions un joli voyage, car nous ramenions à Montréal un agent supérieur de la compagnie de la baie d'Hudson, qui, après avoir passé plusieurs années dans le Nord, se réjouissait d'être appelé enfin à un emploi plus agréable. M. Fallerans (c'est son nom) avait avec lui sa femme et un garçon de quatre ans, et c'étaient, ma foi ! d'agréables compagnons de voyage : je n'en vis jamais de meilleurs, l'enfant surtout, qui était vif comme un écureuil et jouait avec nous comme un petit chat. J'ai toujours aimé les enfants, et celui-là, en vérité, je crois que je l'aimais comme s'il avait été le mien. Si on m'avait laissé faire, je l'aurais sauvé. Pourquoi les gens inexpérimentés ne veulent-ils pas, dans un moment de danger, se fier à ceux qui voient clairement l'unique moyen de salut ?

« ...M. Fallerans désirait arriver le plus tôt possible à Montréal, mais il craignait de nous fatiguer, et nous faisions des haltes fréquentes, et chaque soir, quand nous trouvions, près des lacs ou des rivières, une cabane de settler ou d'Indien, nous y descendions pour passer la nuit.

« Nous débarquâmes un soir, après une journée où nous avions été très tourmentés par la chaleur et par des nuées de moustiques, près d'un assez joli log-house. Le maître du logis nous reçut amicalement ; sa femme nous prépara une soupe de poisson blanc, le meilleur poisson qui existe, et M. Fallerans nous régala, selon sa coutume, d'un bon verre d'eau-de-vie. Ensuite il se retira, avec sa femme et son fils, dans la chambre que l'hospitalier settler lui avait abandonnée, et mes compagnons et moi nous couchâmes par terre, autour du foyer de la cuisine. Je dormais depuis une heure de ce profond sommeil qui est la bénédiction de l'ouvrier, quand tout à coup je suis réveillé par un bruit sonore, mais confus. Je me frotte les paupières, pour être sûr que je ne suis pas le jouet d'un rêve ; je penche l'oreille vers le sol, et j'entends les chevaux qui hennissent, les vaches qui beuglent. Évidemment l'alarme est au pâturage. Est-ce une bête fauve qui y est entrée ? est-ce une bande d'Indiens rapaces ? Je me lève, j'entr'ouvre la porte, et mes yeux sont éblouis par une flamme ardente. Un cri de terreur s'échappe de mes lèvres : Au feu ! au feu ! En un instant tout le monde est debout. Le colon et sa femme veulent rassembler leurs vêtements et quelques-uns des principaux ustensiles de leur ménage. M. Fallerans cherche à nouer dans un linge les papiers et les divers objets qu'il a apportés la veille avec lui dans le log-house. Fatal souci ! nous n'avons que le temps de fuir, de fuir en toute hâte. Un cercle de feu entoure l'habitation et se rapproche de plus en plus. La flamme, attisée par un vent funeste, court de rameau en rameau, d'arbre en arbre ; la flamme ronge les herbes, la mousse, les ramilles pourries dont le sol est couvert, puis remonte le long des pins, s'alimente par leur suc résineux, et de tout côté éclate comme une fournaise pétillante, haletante, mugissante. Les branches des arbres craquent, se rompent et s'écroulent avec fracas ; de leurs tisons ardents s'échappent des tourbillons d'étincelles qui allument de nouveaux bûchers. Les animaux courent éperdus de côté et d'autre en poussant d'affreux mugissements ; les oiseaux tombent, aveuglés par la lueur de l'incendie ou suffoqués par la fumée. La terre est comme un brasier, et le ciel, vers lequel, du haut des sapins gigantesques, la flamme darde ses langues rouges, le ciel et l'horizon paraissent en feu.

« — Courons à la rivière, » dit le settler en se dirigeant rapidement vers un ravin. M. Fallerans le suit, portant son fils sur un de ses bras et de l'autre soutenant sa femme éplorée. Chacun de nous aurait voulu lui venir en aide, se charger de son enfant ; mais il le tenait étroitement serré sur sa poitrine et ne voulait le confier à personne. Par bonheur, le ravin rocailleux et dépouillé en grande partie de toute végétation nous offrait un salutaire passage; mais de l'autre côté de la rivière s'élevait une épaisse forêt sur laquelle flottaient et s'abattaient déjà les flammèches de la forêt incendiée.

« En voyant mes compagnons délier le canot et s'y jeter précipitamment avec M. Fallerans et avec le settler, je compris à quel danger ils allaient s'exposer. J'essayai de les en détourner : je conjurai M. Fallerans et sa femme de me suivre, leur promettant, par tout ce que j'avais de plus cher, de les sauver. Mes représentations, mes prières furent inutiles. Ils persistèrent à s'embarquer pour traverser la rivière, et si rapide que fût leur manœuvre, le feu qui les poursuivait était plus rapide encore : ils fuyaient un incendie, et un autre incendie s'allumait sur le sol où ils allaient chercher un refuge ! Hélas ! je ne les ai jamais revus. C'étaient de braves gens. Au moins je puis dire que j'ai fait tout ce qui dépendait de moi pour les sauver.

« Je connaissais, à quelques centaines de pas du point où nous avions débarqué, un endroit où la rivière, encaissée entre ses bords, n'avait guère que trois ou quatre pieds de profondeur; ce fut là que je me retirai; de là je voyais les tourbillons de feu et de fumée voler sur ma tête. Quelquefois des charbons ardents se répandaient autour de moi et s'éteignaient dans l'eau en sifflant; quelquefois de lourds tisons étaient emportés de mon côté par le vent, je me plongeais alors dans la rivière, et j'attendais qu'ils fussent tombés. Je restai ainsi plusieurs heures, toujours en éveil, et si je ne pouvais m'asseoir dans mon gîte aquatique, je vous réponds que du moins je n'y avais pas froid : l'air était embrasé. Enfin, peu à peu la fureur de l'incendie s'apaisa ; je sortis de ma retraite, et j'aurais bien voulu connaître le sort de mes compagnons, mais je ne pouvais me mettre à leur recherche à travers cette forêt où tout était encore en combustion, où la terre fumait comme une chaudière, et j'étais seul et sans provisions, sans armes, presque sans vêtements dans ce lieu effroyable. Sous peine d'y périr de faim, il fallait pourtant en sortir. Je m'en allai le long du bord de la rivière, du côté du lac Nipissing, espérant que sainte Anne me protégerait ; elle n'y a pas manqué. C'est vrai que la bonne sainte aurait pu m'envoyer son secours plus tôt ; car j'ai marché plus de trois jours sans un seul brin de nourriture. Cela m'a paru terriblement long ; mais j'espère par là avoir expié plus d'un péché. Enfin, Monsieur, vers la fin du troisième jour, j'aperçus un canot qui descendait la rivière. Justement le P. Humbert était dans ce canot : vous le connaissez, et vous pouvez vous figurer comme il se hâta de me donner tout ce qu'il avait de meilleur ; ensuite je lui racontai la catastrophe à laquelle j'avais échappé. Nous allâmes ensemble dans la forêt ; nous trouvâmes les cadavres calcinés de tous ces malheureux qui n'avaient pas voulu écouter mes conseils. Le P. Humbert récita l'office des morts, et nous les ensevelîmes.

« C'est une consolation, au moins, de penser qu'ils ont été enterrés comme des chrétiens. »

L'Indien, à l'aide de ses patins de bois, s'efforçait de le rejoindre.

V

COMMENT UNE BONNE ACTION EST PARFOIS RÉCOMPENSÉE DÈS CE MONDE

I

Onéïdo était un de ces Indiens qui restent obstinément attachés aux vieilles coutumes de leurs pères; il campait dans les environs du lac Nipissing, et vivait des produits de sa chasse et de sa pêche. Il dédaignait de cultiver la terre, et, comme la plupart des gens de sa nation qui ont gardé les idées de l'ancien temps, à aucun

prix il n'eût voulu faire, pour qui que ce fût,
un travail manuel. Il s'en allait donc toute
l'année dans la forêt ou au bord des lacs; quelquefois il rentrait dans sa demeure avec un
riche butin, et alors faisait des repas mon-
strueux. Quelquefois aussi il errait en vain du
matin au soir, pendant plusieurs jours, de côté
et d'autre, et ne rapportait pas même au logis
une patte d'oiseau, et alors il fallait se résigner à l'abstinence. Mais vous ne pouvez vous
imaginer à quel point ces Indiens, qui vous
paraîtront en un temps d'abondance si glou-
tons, acceptent avec patience le plus complet
dénuement, et subissent sans se plaindre de
longs jeûnes. C'est leur orgueil de ne rien laisser
paraître de ce qu'ils souffrent quand ils sont
au pouvoir d'un ennemi, ou quand ils n'ont
pas le moindre moyen d'apaiser leur faim. Les
femmes montrent la même patience, la même
fermeté. Le matin, l'homme prépare ses armes
pour aller à la chasse; la femme le regarde tranquillement partir, quoique cette chasse soit
peut-être sa dernière espérance. Quand il revient,
elle ne court point à sa rencontre, elle ne l'interroge point; plus elle languit dans la disette,
plus elle doit se montrer impassible; elle jettera
pourtant un regard furtif sur son mari, et il ne
s'empressera point de lui apprendre le résultat
de son excursion. S'il rapporte quelque pièce
de gibier, il la tirera lentement des plis de son

vêtement; s'il n'a rien, il ira, sans prononcer un mot, s'asseoir à son foyer.

Un soir d'hiver, Onéïdo était ainsi accroupi, après une infructueuse investigation, par un temps affreux. Près de lui étaient assises sa femme et sa fille, dans un morne silence. Son fils, parti dès la veille pour une de ces chasses aventureuses, n'était pas encore de retour. Tout à coup un homme se précipite dans le wigwam, le visage pâle, l'œil hagard : c'était un Canadien qui s'était égaré dans les plaines couvertes de neige, qui depuis le matin n'avait rien mangé, et demandait à apaiser sa faim.

L'Indien dit : « L'ours est caché dans sa tanière; le daim a fui bien loin d'ici; le corbeau même échappe aux flèches de l'homme rouge. Le grand Manitou veut éprouver la patience de ses enfants, il y a quatre jours que nous n'avons rien mangé. » Puis, d'un geste solennel, il invite l'étranger à se reposer près de son foyer.

Mais le Canadien, espérant trouver dans une autre tente un secours plus efficace, se remet en route. Il était déjà à une assez longue distance, quand soudain il entend une vive clameur résonner derrière lui; il se retourne et aperçoit l'Indien, qui, à l'aide de ses patins de bois, marchait rapidement sur la neige, s'efforçait de le rejoindre et lui criait : « Mon fils est revenu, apportant un daim, et j'ai couru

après vous pour vous engager à prendre part
à notre joyeux souper. »

Le Canadien retourna avec lui, profondément
ému de ce généreux sentiment d'hospitalité.
Quelques années plus tard il revint dans cette
demeure où il avait été traité avec une si tou-
chante cordialité. Cette demeure était plongée
dans le deuil et la misère. Onéïdo était mort;
son fils avait été dévoré par un ours; sa fille,
atteinte de la petite vérole, avait perdu la vue
dans cette fatale maladie, et depuis plusieurs
années la malheureuse veuve ne subsistait, avec
son débile enfant, que par la charité de ses
voisins.

Le Canadien était riche, et la situation de
ces deux pauvres femmes lui inspirait une vive
pitié; il acheta pour elles un terrain sur le bord
de l'Ottawa, leur fit construire une petite habitation, leur donna même quelque argent pour
les premiers besoins. Depuis ce temps elles sont
là, qui vivent tranquillement; la mère cultive
son champ; la fille fait différents ouvrages en
écorce de bouleau et en peau d'élan, qu'elle
vend aux voyageurs, et quiconque entre dans
leur demeure est sûr d'y être bien accueilli.
Voilà comme la bonne action d'Onéïdo a été
récompensée.

II

Deux bateliers infidèles avaient pillé une petite caravane qui se trouvait abandonnée dans les solitudes du Canada, sans bagages, sans provisions.

Par bonheur cependant, les pillards, en emportant la meilleure part des provisions, ont laissé un petit sac de galettes sèches, façonnées dans le Canada sur le modèle de nos biscuits de mer, et une boîte de pemmican. Le pemmican, préparé avec les meilleures parties de la chair de bœuf séchées avec soin, réduites en poudre, mêlées avec du sucre et fortement comprimées, renferme dans un très petit volume un aliment très substantiel : c'est là notre nourriture journalière. Passe-Partout [1], en fouillant de côté et d'autre, avec sa vieille expérience, a fini par découvrir une petite plante que les botanistes appellent, je crois, *ledum latifolium,* et que les Canadiens nomment pompeusement le thé du Labrador ; il nous en fait, le soir, une boisson qui ne ressemble guère au thé aromatique de l'empire de la lune,

----

[1] Un de nos bateliers fidèles.

mais dont le goût acidulé n'est pourtant pas désagréable.

Cependant nos minces provisions, qui ont échappé à la rapacité de nos deux larrons, diminuent à vue d'œil, et nous cherchons en vain l'occasion de tirer un utile coup de fusil : nul oiseau dans les airs, nul quadrupède dans les champs. Nous pouvons bien nous considérer comme les rois absolus de cette création. Pas un animal et pas un être humain ne nous en disputent une parcelle ; mais notre royauté n'est pas couronnée de roses.

Un soir, nous distinguons dans un ravin la pointe d'un wigwam. Nous nous acheminons promptement vers cette demeure solitaire avec l'agréable pensée d'y trouver un meilleur gîte que notre tente de bouleau, déjà fort endommagée, et peut-être le butin conquis en une chasse fructueuse ; mais nous ne devions avoir là que le spectacle d'une cruelle misère. Au fond de cette habitation solitaire, sur une natte d'écorce, était couché un vieillard malade, la tête enveloppée dans un lambeau de couverture. A notre approche il ne fit pas un mouvement ; son foyer était éteint, et il n'avait pas eu la force de le rallumer.

« J'ai froid ! j'ai froid ! » murmura-t-il.

Nous nous hâtâmes d'aller couper des branches d'arbustes, et en y joignant quelques brins de bouleau et de sapin sec, nous parvînmes bientôt à faire un bon brasier. A la lueur de la flamme pétillante, l'Indien essaya de se lever; nous l'aidâmes d'abord à se tenir sur son séant, puis à se rapprocher du foyer. Il étendit vers le feu ses deux mains décharnées, et promenant sur nous un regard étonné : « Ah ! dit-il d'une voix débile, ce sont des visages pâles qui entourent le vieux Nistal. Les visages pâles ne sont pas toujours les amis des Peaux-Rouges; mais je sais qu'il en est à qui les bons manitous donnent de la pitié.

— Que notre père se rassure, dit l'un de nous en essayant de prendre les formes du langage usité parmi les Indiens; les visages pâles sont entrés dans son wigwam avec une pensée de paix, et s'ils pouvaient le secourir, leur cœur en serait réjoui. Mais comment notre père est-il ainsi seul?

— Nistal est vieux et faible, répondit l'Indien, vieux et faible comme le chêne dont le vent d'hiver a brisé les branches et dont les années ont épuisé la sève. Il ne peut plus poursuivre l'élan dans les bois, ni préparer les trappes pour prendre l'ours. Nistal a survécu à ses proches et à ses amis; il n'a plus qu'un fils, et il a prié ce fils de l'abandonner en cet endroit désert, de le laisser mourir et de s'en aller en un lieu meilleur rejoindre les gens de sa tribu. Plus d'un Indien a terminé ainsi sa vie sans se plaindre; je pouvais bien terminer de même la mienne. Les animaux ont été créés pour l'usage de l'Indien. Quand l'Indien ne peut plus les prendre, il n'a plus rien à faire en ce monde ; il faut qu'il aille rejoindre ses pères dans le pays des âmes.

— Et ton fils a obéi à ta demande ?

— Non, reprit doucement le vieillard. Sawanno n'a pas voulu faire ce que tant d'autres ont fait dans notre tribu. Il a eu une révélation de son manitou qui lui disait de ne pas se séparer de son vieux père, et comme il ne pouvait m'emmener près des grands lacs où vont, en hiver, les gens de notre nation, il reste avec moi et chasse pour moi. Mais il est quelquefois obligé d'aller bien loin, bien loin, chercher du gibier. Voilà cinq jours qu'il est parti, et depuis quatre jours Nistal n'a rien eu à manger. Mais il reviendra, mon fidèle Sawanno, car il est fort et alerte. Peut-être qu'il est déjà près d'ici, traînant après lui un beau daim gras ou un ours.

— Croyez-vous réellement, dis-je à Bernard le chasseur, que son fils revienne ?

— Sans aucun doute, à moins qu'il ne soit victime de quelque fatal accident. L'Indien ne ment pas. Si Sawanno n'avait pas voulu revenir, il n'aurait point abusé son père par une promesse ; il l'aurait nettement abandonné dans son wigwam. Cela est arrivé plus d'une fois dans ces malheureuses peuplades, où, en des temps de calamité, les plus jeunes et les plus vaillants ont bien de la peine à pourvoir eux-mêmes à leur subsistance. En attendant le retour de son unique auxiliaire, ce pauvre vieillard souffre de la faim. Nous avons encore un petit reste de provisions...

— Je voulais justement vous proposer de lui en offrir une partie. Je regrette de n'avoir rien de plus et rien de meilleur.

— Rien de plus, c'est fâcheux ; mais rien de meilleur, vous pouvez écarter de vous ce souci. En fait de nourriture, les Indiens ne sont pas difficiles. S'ils ont une abondance de provisions, ils mangent gloutonnement, et lorsqu'ils sont dans la disette, ils la supportent patiemment en se contentant de tout ce qui peut apaiser leur faim. Plus d'une fois sans doute celui-ci en a été réduit à ronger les racines des plantes, l'épiderme des bouleaux, et depuis quatre jours il a peut-être mâché le cuir de ses mocassins. »

Nistal accepta notre offre selon les règles traditionnelles d'une stricte dignité qui, dans les circonstances les plus graves, ne permet pas aux Indiens de laisser paraître une émotion. Cependant il ne pouvait dissimuler l'activité avec laquelle il broya deux de nos galettes et un morceau de pemmican.

« Puisse le grand Manitou, nous dit-il, récompenser les visages pâles de leur humanité ! Nistal n'a rien à leur donner. »

Puis il se remit sur sa couche et s'endormit. Après avoir fait notre léger repas, nous nous endormîmes autour de lui.

Au point du jour, comme nous nous préparions à nous remettre en route, le vieillard se réveilla et nous dit : « Que les hôtes de mon wigwam ne se hâtent pas de partir. J'ai fait un rêve, Sawanno va revenir. Les rêves nous sont accordés par les manitous et ne nous trompent pas. Sawanno va revenir avec un superbe gibier, et les visages pâles en auront leur part. »

Quelle que fût la croyance du pauvre solitaire à la réalisation de ses songes, elle ne pouvait nous arrêter. Passe-Partout ralluma le feu du vieillard, et lui fit une nouvelle provision de bois. Bernard lui donna encore quelques galettes, et après avoir accompli ces derniers devoirs de charité, nous le quittâmes, tandis qu'il continuait à murmurer : « Sawanno! Sawanno! je l'ai vu dans mon rêve; les rêves ne nous trompent pas. »

Chemin faisant, nous ne pouvions nous empêcher de réfléchir que cette nuit nous coûtait cher, et que nous ne pourrions faire une seconde fois une telle libéralité sans nous condamner nous-mêmes au plus entier dénuement.

« De ma vie, dit Bernard, je n'ai vu un coin de terre dépeuplé comme celui-ci : pas un écureuil, pas un canard sauvage, pas la moindre trace d'un animal vivant; mais nous finirons

bien par trouver un endroit meilleur. Nul acte
de charité, j'en suis sûr, ne reste sans récompense, et nous n'aurons point à nous repentir
de celui que nous venons de faire. »

Au moment où il exprimait cette consolante

Le chien s'arrêta près d'un bouleau isolé, et plongea son museau
dans la neige.

pensée, tout à coup l'un de nous s'écria :
« Attention ! Regardez Brisquet. »

Ce brave chien, qui ordinairement chemi-
nait fidèlement derrière son maître, venait de
s'arrêter près d'un bouleau isolé et plongeait
son museau dans la neige, puis le retirait, et
de nouveau le replongeait dans la couche de
neige, et de ses deux larges pattes la creusait

4

activement pour arriver jusqu'au sol qu'elle recouvrait.

« Il y a là quelque chose, dîmes-nous, probablement une cache. »

La cache est le grenier souterrain, le silo des Indiens. Lorsqu'ils ont, dans leur migration, une surabondance de gibier, ils creusent un trou en terre et y enfouissent leurs provisions; puis ils recouvrent le tout avec soin, de façon que nul passant ne puisse découvrir leur trésor. Eux seuls le retrouvent à certain signe tracé de leur main sur un arbre ou sur une pierre et gravé dans leur souvenir. Mais de même qu'un grand nombre de pièces d'argent ensevelies par les Lapons avares sont perdues pour eux et pour leurs héritiers, de même il arrive que plus d'une cache est ainsi oubliée ou abandonnée, et que les viandes qu'elle renferme s'y anéantissent, malgré les ingénieuses précautions employées par les Indiens pour les préserver de la putréfaction.

L'ardeur de Brisquet nous promettait réellement une découverte. Par quel accident de terrain, par quel flair surprenant avait-il été conduit à cette découverte? C'est ce que je ne puis m'expliquer. Quoi qu'il en fût, nous nous mîmes à aider l'intelligent animal dans ses recherches; avec des branches de sapin nous enlevâmes des monceaux de neige, et notre coopération activait le zèle de Brisquet.

« Cherche, cherche, mon brave chien, di-
sions-nous en lui passant la main sur la tête
pour mieux l'encourager.

— Je parie, s'écriait Passe-Partout, qu'il
y a là les plus belles pièces de gibier, je
me réjouis de les faire cuire. Le pemmican
n'est pas à dédaigner assurément ; c'est facile à
emporter en voyage, mais dur et peu savoureux.
Parlez-moi d'un bon quartier de daim bien rôti,
ou d'une tête d'ours savamment assaisonnée.
J'ai des recettes de cuisine que vous ne connaissez pas : vous verrez, vous verrez. »

En parlant ainsi, Passe-Partout enfonça dans
le sol un pieux qu'il venait d'aiguiser avec sa
hache, et s'écria : « Nous y sommes ! Brisquet
ne s'était pas trompé, c'est une cache. »

Nous enlevâmes un faisceau de ramilles,
plusieurs mottes de terre, et nous vîmes un
trou carré, de deux pieds de profondeur, dans
lequel un Indien avait, en effet, enseveli des
monceaux de viande ; mais cette viande était
entièrement corrompue, il n'y avait pas moyen
d'y toucher. Brisquet lui-même s'en éloigna
avec dégoût, et nous nous regardâmes l'un
l'autre un peu attristés de notre déconvenue.
Pour ma part, j'avoue que l'idée de varier
le régime auquel nous étions astreints depuis
quelques jours ne m'était point désagréable.

Mais que faire ? Il fallait nous résigner à notre
pemmican, et peut-être même nous mettre à la

ration, comme des marins qui, n'ayant plus qu'une seule ressource, craignent de l'épuiser.

Pendant que nous continuions notre marche en faisant ces réflexions, un cri violent retentit derrière nous, non pas un cri de guerre, mais, sans aucun doute pourtant, un cri d'Indien; car les Indiens ont seuls cette profondeur d'intonation à la fois perçante et gutturale. En nous retournant, nous voyons, en effet, à quelques centaines de pas de distance, un Indien qui marche précipitamment de notre côté et nous fait signe de l'attendre. Bientôt il nous rejoint et nous dit : « Sawanno a su que les visages pâles avaient été bons pour son père, et il a couru après eux pour les remercier. Sawanno a su que les visages pâles n'avaient pas été favorisés dans leur chasse par leurs manitous, et il est venu leur offrir une partie de la sienne. »

A ces mots il dépose devant nous un magnifique quartier de daim, et fait volte-face pour s'en retourner à son wigwam.

Bernard cependant l'invite à fumer une pipe, ce que nul Indien ne peut refuser, et, après lui avoir rendu grâce de sa générosité, il lui demande s'il connaît la cabane d'un colon, bâtie près du lac de l'Oiseau. « Sawanno la connaît très bien; il y a été plusieurs fois, et l'automne dernier il l'a trouvée encore habitée. En deux ou trois jours de marche, ajoute-t-il, nous pouvons y arriver. »

Quand Sawanno a eu fumé sa pipe, je lui ai donné un peu de tabac, ce dont il a été ravi, et nous nous sommes quittés avec toutes sortes de protestations d'amitié.

« Vous voyez, m'a dit Bernard, qu'ils ne trahissent point la vérité, ceux qui se plaisent à citer les naïves vertus des Indiens.

— Oui ; dernièrement Passe-Partout nous a raconté un fait à peu près semblable à celui dont je viens d'être témoin[1] ; mais je suis charmé de pouvoir attester moi-même la générosité de ces pauvres gens, si souvent méconnue, et souvent outragée.

— Générosité d'autant plus notable, reprend Bernard, que Sawanno ne pourra peut-être pas de longtemps conquérir un pareil butin, et, pour apaiser nos besoins, il s'expose à souffrir lui-même de la faim.

— A Dieu ne plaise ! j'aime à croire, au contraire, qu'il sera récompensé de sa piété filiale et de son humanité. Il paraît alerte et fort, ainsi que me le disait son père, et il doit connaître les meilleurs terrains de chasse.

— Je l'espère, mais il est probable qu'en ce moment nous avons plus de soucis de lui qu'il n'en a de lui-même. L'Indien est, de sa nature, l'être le plus facile à satisfaire, le plus content d'une heure propice, le plus oublieux du lende-

---

[1] Le trait qui fait l'objet de notre premier paragraphe.

main, le plus résigné à toute espèce d'infortune. Souvent cette résignation ressemble à une morne incurie, mais souvent aussi elle a un caractère touchant, et peut nous faire faire d'utiles réflexions. »

« Non, non, s'écria Lutsiko, j'ai juré de ne jamais boire
une goutte de whiskey. »

VI

LE SANG DU DIABLE

On entend parfois retentir dans le campement des Indiens des cris discordants, des
clameurs violentes ; on assiste à des scènes
d'une nature brutale, et l'on voit ce qu'il y a de
plus triste à voir en ce monde, des visages qui
ont leur innocence, leur pure et noble empreinte,
et qui ont été dégradés par de hideuses habitudes.

Un homme a passé près de nous tenant à la
main une peau de renard, et s'écriant d'une
voix rauque : « Du whiskey ! du whiskey ! »

Quoiqu'il marchât précipitamment, j'ai pu l'examiner, et son aspect a produit sur moi une triste impression. Des vêtements sales et délabrés, des cheveux en désordre, un teint hâve, des yeux hag rds, tout en lui annonçait la misère matérielle et la décrépitude morale. Il tourna la tête de notre côté, comme pour interroger nos intentions; puis, jugeant probablement à notre attitude qu'il n'avait rien à gagner avec nous, il s'éloigna en agitant sa peau de renard, et en répétant son cri d'ivrogne altéré : « Du whiskey! du whiskey! »

« Voilà, me dit-on, une des notables victimes de ce goût fatal pour d'affreuses boissons alcooliques qui produisent sur les Indiens un effet pareil à celui de l'opium sur les Chinois. Il y a quelques années, ce malheureux, qui est de la race des Ottaouis, qu'on appelle Luttiko, c'est-à-dire l'Oiseau noir, était un des hommes les plus estimés et les plus riches de sa tribu. Il avait une jeune femme laborieuse et économe; il occupait avec elle, dans une des îles du lac Huron, une tente recouverte en peau d'élan, que l'on citait comme un modèle d'élégance et de propreté. Actif et alerte, il rapportait constamment à son logis une abondante provision de poisson ou de gibier. Tandis qu'il allait à la pêche ou à la chasse, sa femme cultivait un jardin, récoltait des fruits, distillait le sucre d'érable, ou cousait des vêtements.

« Dans son bas âge, Luttiko avait entendu un missionnaire qui prêchait éloquemment contre l'usage des spiritueux ; il avait gardé de ces discours un vif souvenir, et s'était promis à lui-même de ne jamais tremper ses lèvres à ces boissons dangereuses, à ce *sang du diable*. Chaque année il allait livrer à un comptoir sa cargaison de fourrures, en réglait le prix tranquillement, et s'en revenait dans sa demeure avec une provision de balles et de poudre, de tabac et de farine, et divers objets de fantaisie pour sa femme.

« Un jour, dans une de ses expéditions périodiques, il fut accosté par un trafiquant américain qui lui dit : « Mes confrères vous « trompent : ils ne vous donnent pas un juste « prix de vos peaux. Venez avec moi, je vous « les payerai plus cher. »

« Luttiko, malheureusement séduit par cette apparence d'honnêteté, le suivit.

« Dès que l'habile industriel l'eut fait entrer dans sa demeure, il lui offrit du whiskey.

« — Non, non, s'écria Luttiko ; j'ai juré de « ne jamais boire une goutte de whiskey.

« — Eh bien ! un verre de bonne eau-de-vie, « comme celle qu'on sert sur la table du gou- « verneur de Toronto.

« — Je ne toucherai pas non plus à votre « eau-de-vie.

« — C'est bien, dit le marchand d'un air

« affectueux. Vous êtes sobre, je vous en féli-
« cite. Laissons donc là ces liqueurs, dont je
« n'use moi-même que très modérément; mais
« j'ai là du cidre, la boisson la plus inoffen-
« sive. C'est comme de l'eau; vous ne refu-
« serez pas d'en boire une bouteille avec moi
« en réglant notre compte? »

« Luttiko crut qu'en effet il pouvait sans
danger accepter cette proposition. Mais le per-
fide Américain, en remplissant son verre de
cidre, y mêla à la dérobée une forte dose de
whiskey.

« A peine l'innocent Indien avait-il vidé cette
première coupe, que le sang lui monta au cer-
veau. Il en demanda une seconde, puis une
troisième; puis, comme sa soif s'accroissait à
mesure qu'il buvait, il demanda, pour l'apaiser, la liqueur qui jusque-là lui avait inspiré
une juste horreur, le whiskey.

« En une séance, c'en était fait de ses sages
résolutions; il retourna dans sa cabane tout
autre qu'il n'en était sorti, y apportant non
plus comme autrefois d'utiles denrées; mais
quelques bouteilles de la terrible boisson dont
il était devenu si avide.

« Ce qui arriva ensuite, est-il besoin de le
raconter? C'est ce qui arrive par malheur trop
fréquemment dans ces pauvres peuplades d'Indiens. Luttiko prit l'habitude de boire, et perdit
son activité, ses forces, ses ressources, tout,

jusqu'au sentiment de ses premiers devoirs. Un jour, un étranger à qui il avait servi de guide lui ayant donné un dollar, Luttiko courut à l'instant dans une taverne ; il se souvenait cependant qu'il n'y avait plus la moindre provision dans sa demeure, que depuis deux jours sa femme n'avait rien mangé, et de sa pièce d'argent il fit généreusement deux parts, l'une qu'il employa à acheter quelques livres de farine, l'autre qui devait lui procurer son indigne jouissance. Mais quand il eut bu ce que le cabaretier lui versa d'une main parcimonieuse pour un demi-dollar, il ne put se maîtriser : il revendit pour un flacon d'eau-de-vie la farine qu'il avait achetée, et quand il rentra dans sa tente il vit sa femme couchée par terre, n'ayant trouvé pour apaiser sa faim que quelques racines sauvages.

« Cette femme, après avoir essayé tous les moyens possibles pour détourner de sa désastreuse habitude celui qu'elle avait connu si sobre, dépérit peu à peu et mourut dans la misère et le chagrin. Depuis ce jour Luttiko erre à l'aventure, n'ayant plus guère la force de chasser, et vivant le plus souvent d'aumônes. Quand par hasard il a pu se procurer quelques mauvaises fourrures, vous voyez ce qu'il en fait : il va les vendre pour un verre de whiskey. »

Au sortir de son comptoir, Girard allait dans une de ses fermes.

VII

LES TROIS GRANDS HOMMES DE PHILADELPHIE

Avant de passer du Canada aux pampas de la république Argentine, faisons une halte aux États-Unis.

Voici Philadelphie : deux rivières pour aider à son commerce : la Schulkyll, qui se rejoint à la Delaware, et la Delaware, vaste et profond cours d'eau qui, à cent vingt milles, se rejoint à l'Océan; une plaine fertile, de larges rues rangées symétriquement, coupées à angle droit ; au centre d'un mouvement perpétuel de chariots de transport, d'omnibus, de gens affairés ; sur plusieurs points, une reproduction exacte du tableau de New-York ; sur d'autres, une physionomie distincte que j'essayerai de vous indiquer.

Trois hommes ont attaché leur nom à cette ville et représentent ces trois principaux traits de caractère : c'est G. Penn, Franklin et Girard.

Le premier, qui, tout en professant le puritanisme de la secte des quakers, faisait fort bien en Angleterre son office de courtisan, obtint de Charles II la concession de ce district alors couvert de forêts et qu'il désignait par le nom expressif de Sylvanie. À la demande du roi, il y ajouta son nom de Penn, fonda Philadelphie, et lui donna dès son origine ce type de quakerie qu'elle a toujours conservé.

Franklin, qui vint tout jeune s'établir à Philadelphie, qui y fit sa fortune et y acheva noblement son active carrière, introduisit dans cette cité les goûts d'étude qui s'y sont maintenus après lui, et la distinguent du prosaïsme exclusif de New-York.

Enfin Girard, le héros glorieux des légions commerçantes, le nabab du Calcutta américain, le roi des spéculateurs, Girard exerça une grande action sur les entreprises financières de Philadelphie, les encouragea par ses succès, les appuya par son crédit.

Cet homme, que l'on peut considérer comme
la plus complète image du peuple américain
dans son amour de l'argent, dans ses froides et
sévères habitudes, dans la rigidité et l'audace
de ses calculs; cet homme qui fut comme une
éclatante manifestation des principes d'ordre,
d'économie, si souvent formulés par Franklin,
un témoignage vivant de la sagesse du bon-
homme Richard, cet homme était Français,
non pas de la fine Normandie, ni de l'âpre et
laborieuse Auvergne, ni de l'opiniâtre Picardie,
ni de la mâle et industrieuse Franche-Comté,
mais d'une des provinces les plus gaies, les
plus riantes de France, des bords de la Gironde.

Parti en fugitif de la maison paternelle,
comme un autre Robinson, avec cet ardent
besoin d'aventures qui fait les hommes mémo-
rables ou les *outlaws,* il s'embarqua à l'âge de
douze ans, comme mousse, sur un navire qui
allait aux Indes occidentales. Comme les fleuves
dont la source se cache sous les nuages des
montagnes, l'origine de ce fleuve de dollars,
dont l'heureuse ville de Philadelphie contempla
pendant près d'un demi-siècle les ondes scin-
tillantes, est fort peu connue.

On sait seulement que de l'humble office de
mousse, Girard s'éleva à celui de maître d'équipage, et qu'en cette qualité il arriva à New-
York vers l'année 1775. De là il se retira à
New-Jersey, et, profitant des leçons qu'il avait

prises aux Indes, se mit à fabriquer des cigares.
Cette industrie ne réussissant pas au gré de
ses vœux, ou le théâtre de ses spéculations lui
paraissant trop petit, il se rendit en 1779 à
Philadelphie, où on le vit, dans une espèce
d'échoppe, vendant des cordages et de la ferraille. A cette époque, rien n'annonçait encore
sa brillante destinée de financier, et les matelots et les paysans qui allaient marchander près
de lui quelques bouts de câbles ou quelques
vieux clous ne se doutaient guère qu'ils avaient
devant eux un des plus grands hommes futurs
de l'Amérique, c'est-à-dire un des plus riches.

« Le temps, a dit Franklin, le temps est de
l'argent, et Girard ne perdait pas une heure,
pas une minute. Avant d'ouvrir sa boutique de
ferraille, il avait fait autour de Philadelphie
un rude commerce. Il s'en allait avec une
barque le long de la Delaware, portant aux
gens de la campagne diverses denrées com-
munes et recevant en échange leurs produits.
Vingt années se passèrent, pendant lesquelles
il travailla comme une fourmi, amassant en
silence tout ce qu'il trouvait sur son chemin, vivant obscurément et ne faisant sonner
quelques écus que lorsqu'il en était besoin pour
séduire un chaland. Il préparait dans l'ombre
ses ailes, et ce n'étaient pas les ailes d'Icare.
Une fois qu'il les eut faites, il pouvait sans
crainte affronter le soleil de la finance. En 1812,

il fonda lui-même une banque, et y déposa un capital de huit millions de francs. Un an après, le gouvernement cherchant à négocier un emprunt de cinq millions de dollars (vingt-cinq millions de francs), Girard lui fournit ces vingt-cinq millions.

A partir de cette époque, le nom de l'aventureux Bordelais se trouva mêlé à la plupart des grandes entreprises commerciales de Philadelphie. Tout en s'engageant dans ces diverses associations, il se livrait pour son propre compte à un vaste commerce. Il avait des capitaux dans une quantité de spéculations, des navires voguant dans toutes les directions ; il n'était pas homme à équiper un seul de ces bâtiments sans en avoir habilement calculé les chances de succès. Très concentré en lui-même, il ne confiait à personne ses projets, et n'acceptait qu'avec une extrême réserve ceux auxquels on désirait l'intéresser. Au reste, il n'entendait que le langage des affaires : tout autre ne résonnait que comme un vain bruit à son oreille, et celui-là eût été probablement fort mal venu qui eût voulu l'entretenir de l'azur du ciel méridional et des sites pittoresques de la Gironde. Nulle harmonie poétique ne touchait son esprit absorbé dans la région des chiffres, nul rêve de doux loisir ne souriait à sa pensée. Il n'avait qu'une passion, le travail, et qu'une joie, celle de contempler l'addition de ses registres et de compter les arpents de terrain qu'il achetait de côté et d'autre.

Au sortir de son comptoir, Girard allait dans une de ses fermes visiter ses jardins, examiner ses bois, et se reposer de ses calculs en prenant la bêche ou la fourche, pour cultiver ses plantes ou pour donner à manger à ses bestiaux. Il s'enorgueillissait d'avoir dans ses propriétés les plus beaux fruits de la contrée; mais ce n'était point pour les étaler sur sa table et en goûter lui-même la saveur; c'était pour les envoyer au marché et en percevoir exactement le prix. Avec ses habitudes parcimonieuses, il n'était cependant point un Shylock ni un Harpagon. Sa main s'ouvrait parfois généreusement pour soutenir une entreprise d'utilité publique ou soulager une infortune. C'est un autre point de ressemblance entre ce type mémorable et celui du grand négociant américain, qui, en général, dépense largement les dollars qu'il poursuit sans cesse avec ardeur.

Enfin Girard devint riche, énormément riche. Il possédait de vastes terrains dans la Louisiane, d'autres dans la Pensylvanie, je ne sais combien de maisons dans les rues de Philadelphie, de navires à voile, d'actions dans les compagnies de bateaux à vapeur et de chemins de fer, en tout plus de soixante beaux millions. Il avait, lui, simple enfant du Midi, sans ressource et sans patronage, acquis par sa propre industrie cet Eldorado, quand un beau jour la mort qui fait danser les rois et les bergers, la mort railleuse et impitoyable de Holbein, vint le prier de vouloir bien mettre ordre à ses affaires et s'embarquer pour une autre contrée.

Pauvre fortuné Girard ! je voudrais bien savoir quelle peine a traversé ton âme, quand tu as vu venir le moment où il fallait dire adieu à ces biens que tu avais amassés avec tant de soin, à ces trésors que tu regardais avec tant d'orgueil ; si ton esprit emprisonné dans le dur réseau des spéculations n'a pas fait alors un tardif retour vers les rives fleuries de ton sol natal ; si tu ne t'es pas dit qu'il eût mieux valu jouir des parfums de la terre, des lueurs d'un ciel pur, des bonnes saintes joies du cœur, que de t'imposer perpétuellement tant de sollicitude pour recueillir une récolte qui allait en une minute s'échapper à jamais de tes mains. Je voudrais bien savoir si tu n'as pas été alors frappé d'une amère surprise, si tu n'as pas douté de ta sagesse et regretté une autre sagesse, qui naguère te semblait une folie.

Non ! Girard tenait un compte exact de ses engagements ; il avait longtemps d'avance noté celui qu'il aurait à remplir envers l'impérieuse créancière des humains, il avait longuement rédigé son testament.

Ce testament est un témoignage curieux d'un esprit dont rien ne peut rompre la ténacité. La mort a beau faire, elle n'empêchera pas Girard de continuer son œuvre au delà du tombeau, de dresser une échelle de calculs pour le temps où il aura cessé d'être. Tel est dans l'homme le désir de prolonger son essor quand ses ailes vont se fermer. Le poète chante à la lueur de sa lampe vacillante son chant du cygne ; le guerrier dicte les plans de campagne qu'il avait conçus ; le voyageur parle des lieux lointains qu'il voulait parcourir ; le financier jette sur le papier les chiffres qui doivent sauver sa mémoire de l'oubli.

Girard, dans son testament, a fait un grand nombre de dispositions ; il n'en est pas une qui ne soit comme la continuation du calcul qui l'occupa toute sa vie. Il ne donne qu'une somme modique à ses plus proches parents. « J'ai moi-même, disait-il, conquis ma fortune par le travail. Il faut qu'ils cherchent à suivre mon exemple. » Il lègue cent mille francs à une de ses petites-nièces, autant à une autre. Ces différentes sommes doivent être placées en lieu solide et capitalisées jusqu'à la majorité des légataires. Girard lègue une partie de ses domaines aux villes de Philadelphie et de la Nouvelle-Orléans, à la condition que ses terres seront administrées régulièrement pendant un espace de dix années après sa mort, et qu'à

cette époque seulement les magistrats pourront
en disposer comme bon leur semblera.

Il lègue une somme de quinze cents dollars
(sept mille cinq cents francs) à chacun des
capitaines de navire qui auront fait au moins
deux voyages à son service, à la condition que
ce capitaine ramène au port le dernier bâtiment qui lui aura été confié, et n'ait point dans
le cours de son trajet failli à ses instructions.
Même après sa mort, Girard ne voulait pas
être trompé.

Il a fait à divers établissements de bienfaisance une large part de sa fortune. Une pareille
dotation suffirait pour faire à jamais honorer
sa mémoire. Mais il a voulu avoir son monument à lui, sa pyramide de Chéops. Cette pyramide est un collège qui portera son nom, et
où trois cents pauvres orphelins seront gra-
tuitement logés, nourris, élevés. En donnant
à cet établissement un vaste terrain situé en
dehors de la ville, en lui léguant près de quinze
millions, il s'est complu à tracer en détail le
plan de l'édifice que l'on devait construire,
à établir les principales bases réglementaires
de son institution. En premier lieu, il veut que
les orphelins admis dans son collège y reçoivent
une éducation essentiellement pratique. Quant
aux langues classiques, il ne les considère
pas comme un luxe superflu. Que si pourtant
quelques élèves montraient des dispositions par-

ticulières pour l'étude de ces idiomes qui ne sont d'aucun usage dans les affaires, il ne leur défend pas de s'y livrer. Mais, avant tout, il exige qu'on leur enseigne ce qui peut faire de bons négociants, des industriels, des agriculteurs.

En second lieu, il interdit formellement l'entrée de son collège *à tout ecclésiastique, missionnaire ou ministre, de quelque culte que ce soit.* « En formulant, dit-il, cette défense, je ne veux pas porter la moindre atteinte au caractère des prêtres. Mais, comme il y a parmi nous tant de doctrines religieuses différentes, je désire préserver les élèves de mon collège des excitations que pourraient produire sur eux ces divers enseignements. Je désire que leurs professeurs se bornent à leur enseigner les plus purs principes de morale, la charité envers leurs semblables, l'amour de la vérité, de la sobriété, de l'industrie, et plus tard, dans la maturité de leur raison, que ces élèves choisissent eux-mêmes leur culte. »

Quoique notre chère France ne soit plus le religieux royaume des siècles passés, une telle loi y exciterait pourtant de généreuses répulsions, et il y a là, j'en suis sûr, une quantité de familles pauvres qui ne voudraient point confier leurs enfants à une institution interdite à l'enseignement religieux. En Amérique, l'excessive tolérance en matière de religion conduit aisément à l'indifférence. La prescription de Girard n'a pas éprouvé la moindre difficulté, et n'a peut-être excité aucune surprise.

Après sa mort, on s'est mis à construire son collège sur le plan qu'il avait indiqué, et on n'y épargna ni le marbre ni les ornements de luxe. Au milieu d'un immense enclos s'élève un édifice en marbre qui semble copié sur notre église de la Madeleine. Là sont les salles d'étude, avec des tables en acajou et des pupitres recouverts en drap. Là est le salon des inspecteurs. Sous le portique s'élève une statue de Girard, devant laquelle le concierge qui me conduisait près du directeur s'est incliné comme devant un autel. Tout l'escalier est en marbre, et tous les parquets sont couverts de tapis. De chaque côté de ce magnifique monument sont deux autres édifices plus petits, mais également ment construits en marbre, dans d'élégantes proportions. Ces cinq constructions ont coûté un million neuf cent trente-trois mille huit cent vingt et un dollars, c'est-à-dire près de dix millions de francs. Il reste au collège trois cent cinquante mille livres de rente. Je n'ai pu m'empêcher de manifester au directeur l'étonnement que j'éprouvais à la vue d'une telle splendeur d'architecture pour un établissement qui, après tout, ne doit être autre chose qu'une de ces écoles du second ordre telles qu'il en existe des centaines en Allemagne sous le nom de *Realschulen*.

« On a voulu, m'a-t-il répondu, honorer par cette somptuosité la mémoire de Girard. » Mais je pensais en moi-même qu'on l'eût bien mieux honorée en ménageant sa royale dotation, de manière à venir en aide à un plus grand nombre d'enfants pauvres.

Dix millions représentent, si je ne me trompe, cinq cent mille francs d'intérêts, lesquels, ajoutés aux trois cent cinquante mille francs de rente, forment annuellement la somme énorme de huit cent cinquante mille francs, employés à donner des leçons de français, d'espagnol, et des leçons élémentaires de mathématiques, de physique, à trois cents enfants. Avec un tel revenu on élèverait la jeune génération de plusieurs de nos départements.

En sortant de là on m'a montré une misérable cabane en planches, habitée par la mère d'un des élèves du collège Girard, pauvre veuve qui gagne sa vie à vendre des fruits et des légumes. Pendant qu'elle lutte au jour le jour contre l'indigence, son fils est vêtu comme un riche bourgeois, il s'assoit à une bonne table, couche dans un beau lit et habite un palais. Nul prêtre au doux langage n'entretiendra dans son cœur le souvenir du foyer natal, l'amour qu'il doit garder à l'humble femme qui lui a donné le jour. Ses professeurs n'iront pas au delà de la tâche qui leur est imposée : ils se contentent d'entasser dans sa mémoire des mots et des chiffres; quant à son âme, ils n'ont point à s'en occuper. Lorsque cet enfant sort de sa magnifique demeure, il se sent mal à l'aise en passant devant celle de sa mère; il a honte d'être le fils d'une malheureuse marchande de fruits. O vanité de l'homme! ô superbe Girard, vous avez cru faire une grande œuvre! Et qui sait combien de mauvais sentiments germeront sous les voûtes brillantes de votre institution, et combien de pauvres mères vous accuseront un jour de leur avoir ravi le respect et l'affection de leurs fils!

VIII

LA MER, LES GRAINS ET LES OURAGANS

Vous allez me railler encore sur ma nature
d'hirondelle, puisque c'est ainsi qu'il vous plaît
de nommer l'entraînement que je m'étais flatté
de pouvoir appeler une noble ardeur d'études
lointaines. Eh bien! riez, j'y consens. Si pourtant vous connaissiez la rade de la Havane,
vous verriez qu'il n'est pas si facile que vous
l'imaginez de couper là le bout de deux ailes
nomades. Pour celui qui a été dompté par la

5

chimère des voyages, cette rade est une périlleuse place. La mer y apparaît si belle, l'horizon si calme, qu'en regardant le double azur du ciel et des eaux, on oublie les orages par lesquels on a passé pour ne songer qu'au doux balancement d'un navire, par une brise légère, sur une onde paisible. Puis cette rade est comme un rond-point où aboutissent les routes du monde entier. De là partent des bateaux de poste anglais qui, dans leur course, suivent toute la chaîne d'émeraude des Antilles ; de là, les bateaux américains qui transportent à Chagres les légions de pèlerins attirés par la religion de l'or à la chasse californienne ; de là, des bâtiments français, espagnols, qui, dans l'espace de quelques semaines, conduisent leurs passagers sous les murs de la noble ville de Nantes ou dans la rade de Cadix.

Au milieu de ces diverses séductions, je me suis laissé tenter par un navire belge d'une assez jolie apparence qui devait se rendre à Montevideo et à Buenos-Ayres. Comment ! direz-vous, si près du Mexique, du Pérou, vous vous éloignez de ces magnifiques contrées pour aller à Buenos-Ayres ! et vous êtes dans le cas de me comparer à ce maladroit auteur dont parle Boileau :

> Oh ! le plaisant projet d'un poète ignorant,
> Qui, de tant de héros, va choisir Childebrand !

Patience! patience! je me figure que Buenos-Ayres est dans son genre une ville fort curieuse. Nous verrons plus tard si je me suis trompé. De la Havane jusque-là, il n'y a du reste que deux mille lieues. En deux mois le capitaine de *l'A...* me promet de faire ce trajet. « Seulement, ajoute-t-il, il faut vous résigner à manger de la viande salée. — Va pour la viande salée! » Et quelques jours après nous voguions vers la pleine mer entre les bancs de Bahama et la côte de la Floride.

Mon capitaine ne m'avait cependant que trop exactement dépeint ses ressources culinaires. Le lendemain de notre départ de la Havane nous avions, selon l'expression de nos marins, doublé le cap Fayot, c'est-à-dire que nous en étions réduits à la ration du bord : pommes de terre, haricots, quartier de bœuf salé, variés de temps à autre par une espèce de pâtée à la farine et au riz que notre coq décore fièrement du nom de pudding. Quant à moi, j'avais un peu trop présumé de mes forces ; j'essayai de toucher à la viande salée, et, dès la première tentative, je reconnus qu'il fallait totalement y renoncer. J'ai pourtant partagé la mauvaise nourriture des pêcheurs du Nord, mangé la morue d'Islande bouillie dans une fumée de tourbe infecte ; le pain de la Dalécarlie, mélange d'écorce de bouleau ; le pain d'orge de Muonioniska, moitié farine et moitié paille ;

la chair de renne découpée par les mains des
Lapons et cuite dans leur chaudière ; le cous-
coussou des Arabes préparé dans des vases
d'un fort triste aspect. De plus, je me rappelle
les vingt-quatre heures que j'ai passées dans
un misérable village de Pologne, sous le toit
d'un cabaretier juif, et l'assiette ébréchée sur
laquelle une effroyable vieille me servait je ne
sais quel ragoût sans nom. Ce fut ma plus rude
épreuve.

Mais j'ai eu beau, pour m'enhardir, invoquer
mon courage d'autrefois, mon courage a failli
devant ces terribles pièces de bœuf plongées
dans une amère saumure depuis trois à quatre
ans, enfouies dans la cale depuis vingt mois,
tellement décolorées, qu'on ne peut dire que
par tradition de quel pauvre animal elles ont
recouvert les os, et exhalant à vingt pas de
distance une odeur qui vous mène en droite
ligne au mal de mer.

Si cette page de voyage tombe par hasard
entre les mains d'un père de famille affligé d'un
enfant prodigue, qu'il l'envoie à bord de ce
bâtiment. C'est là qu'on apprend chaque jour
de bonnes leçons d'économie. Nulle part je
n'ai entendu si souvent et si bien disserter sur
la valeur d'un florin. Sur aucun bâtiment je
n'avais eu l'idée qu'on pût employer tant de
précautions pour ménager une voile, un bout
de cordage, pour mesurer une ration. Le bis-

cuit est avec l'âge devenu si dur, qu'on ne peut y mordre sans risquer de se rompre les dents. Bien ! on en mangera moins. La viande commence à se gâter malgré la double couche de sel dont elle est revêtue. Ça n'est rien, dans trente à quarante jours on aura de la viande fraîche à Montevideo. Si parfois je me hasarde à remarquer que nous marchons bien lentement, soudain je suis arrêté dans cette folle préoccupation par un officier qui me fait observer fort judicieusement que plus on reste en mer, plus on y gagne, par la raison que chaque semaine la solde s'accumule, et que comme on ne porte sur le bâtiment que son plus mauvais pantalon et sa plus vieille veste, on ménage autant ses bons habits. Une fois, une seule fois dans le cours de nos jeûnes et vigiles, il m'est arrivé de soupirer hautement, non point après un banquet électoral, mes vœux timides ne s'élevaient pas jusque-là, mais après un simple morceau de pain et une tasse de bouillon. Là-dessus le capitaine m'a fait un très sage discours pour me démontrer les avantages sanitaires de l'abstinence. Je me suis tu, me rappelant que tout est pour le mieux dans le meilleur des mondes possibles, et réfléchissant que notre régime valait encore mieux que celui que le docteur Sangrado ordonnait à ses clients.

Malgré la parcimonie de ce régime, je dois

des remerciements à ce navire. J'y ai joui d'une paisible liberté.

L'équipage est composé d'une douzaine d'hommes de différentes nations, si parfaitement assouplis sous l'autorité de leur chef, que jamais parmi eux on n'entend la moindre rumeur. Il y a là des Espagnols, des Flamands, des Américains, un nègre du cap Vert, un Indien de la côte Ferme, et deux Suédois avec lesquels je me plais à m'entretenir des bords riants de leur Mâlar, des plaines mélancoliques de leur ville de Geflo.

Le lieutenant est le fils d'un négociant belge qui a pignon sur rue, maison de campagne. Le désir de voir les lointaines régions l'a jeté dans les hasards de la vie maritime. Ses connaissances l'ont promptement élevé au rang d'officier. Dans son humeur voyageuse, il pense souvent à sa mère, aux joies champêtres de sa jeunesse, et me rappelle par sa rêverie ces deux vers touchants de Juvénal, qui n'en a pas fait beaucoup de la sorte :

Suspirat longo non visam tempore matrem,
Et casulam et notos tristis desiderat hœdos.

L'habitant le plus curieux de notre navire est le coq. A ce nom, je n'ai sans doute pas besoin de dire qu'on aurait tort de se figurer de ces fiers personnages portant le bonnet de coton comme une couronne, et parlant des assaisonnements de leur casserole avec un enthousiasme d'artiste. Celui-ci n'a jamais vu d'autres fourneaux que ceux de son gaillard d'avant. Il ne se doute pas du grand rôle que ses confrères peuvent remplir dans les ministères et dans la diplomatie. Si par hasard il lui est tombé sous les yeux une truffe, il l'aura rejetée comme une pomme de terre malade. En revanche, si on lui demandait des petits pois, il répondrait gravement qu'il en reste encore un baril embarqué il y a deux ans, et d'une main prodigue il étalerait au moindre signe ces précieux globules, sans se douter qu'en cas de besoin on ne pourrait se procurer de meilleures balles de pistolet.

Heureux de sa mission, ravi de son titre de coq, il fricote avec une bonhomie sans pareille. Maître Jacques du bâtiment, il fait avec le même zèle le service des cabines, brosse les habits, rajuste d'une main expéditive l'oreiller sur le matelas, les draps sur l'oreiller, et aide en outre à la manœuvre. Rouge et jouflu comme une figure de Téniers, alerte comme un chat, du matin au soir il est en mouvement, courant de sa cuisine sur la dunette, tantôt carguant une voile, tantôt lavant une assiette, toujours gai et dispos, riant naïvement des plaisanteries qu'on lui adresse, et ne buvant à la dérobée ce qui reste de vin ou d'eau-de-vie au fond d'une bouteille que par une prudente précaution, pour empêcher que cette liqueur ne se gâte.

Ce n'est qu'au bout d'un mois d'études assidues que j'ai pu parvenir à distinguer une autre qualité de ce philosophe : sa science de linguistique. Auparavant, quoiqu'il nous semblât à l'un et à l'autre que nous parlions un langage intelligible, nous ne nous comprenions guère que par signes. D'abord, dans ma présomption, je l'accusais, cet honnête Demats, d'avoir oublié son idiome maternel. Plus tard, j'ai reconnu que ce que je prenais pour une coupable négligence était, au contraire, le fait d'un amour général pour l'humanité et d'une surabondance de savoir. Depuis vingt ans qu'il navigue de côté et d'autre, il s'est approprié une partie du dialecte de tous les pays qu'il traversait, et les a mêlés l'un à l'autre avec un égal sentiment de confraternité. Pour s'entretenir avec lui, il faut parler à peu près toutes les langues, ou du moins pouvoir pêcher dans son réservoir polyglotte un substantif flamand à côté d'un verbe français, un adjectif anglais marié à une préposition espagnole.

Quant au capitaine, il me réservait à bord une délicieuse surprise : une large armoire pleine de livres, histoires, récits de voyages, romans. J'ai jeté un cri de joie à la vue de ce trésor inespéré, et je me suis mis à compter tous les volumes qu'il renfermait, ceux que j'avais déjà lus et ceux que je ne connaissais pas encore, les regardant tous d'un œil avide, comme un avare accroupi devant une caisse de ducats de Hollande et de quadruples d'Espagne. Gibbon, dans ses mémoires, parle avec enthousiasme du bonheur de lire, qu'il n'échangerait pas, dit-il, pour les trésors de l'Inde : « which I would not exchange for the treasures of India. » Qu'aurait-il dit s'il eût goûté ce bonheur dans les longs jours d'une navigation ?

Dans ces jours-là, adieu la vue de tout hameau et de toute plage ; adieu les mille petites aventures qui, à terre, occupent ou distraient le bourgeois le plus casanier. Ici il n'y a d'autre journal que le sec journal du navire, écrit en caractères algébriques : un degré et demi à l'est, deux au sud ; six nœuds au dernier loch, un nœud de dérive ; pas d'autres épisodes que ceux qui naissent de la variation de la boussole, de la mobilité du temps. « Qu'en pensez-vous, capitaine ? il me semble que la brise a molli. — Oui ; mais voilà des nuages qui annoncent un changement. — Avons-nous bien fait deux degrés ? — Probablement. — Ah ! si seulement nous avions un bon vent d'est ! — Non, c'est du nord qu'il nous faudrait à présent ; j'espère qu'il va venir. »

Et chaque matin, et plusieurs fois dans le jour, telles sont les paroles qui s'échangent entre un commandant et ses passagers, quand on possède un commandant qui a la bonté de répondre à ces fastidieuses questions.

Si, de loin, un matelot signale un navire, c'est un événement. On court à la longue-vue, on hisse le pavillon. Un instant après, le sien flotte au-dessus du mât d'artimon. C'est un Français, c'est un Anglais qui vient d'Europe, ou qui y retourne. Qu'il est heureux celui qui vogue à pleines voiles vers les parages de France ! Quel trajet pour celui qui va doubler le cap de Bonne-Espérance ! Et là-dessus les commentaires que l'on prolonge jusqu'à la dernière extrémité.

Dans cette disette d'incidents, l'esprit a besoin, comme le corps, de son hygiène. Il lui faut sa provision de livres la plus large, la plus variée possible ; il lui faut, s'il m'est permis de comparer les nobles œuvres de la pensée à la vulgaire matière, il lui faut, après la nourriture substantielle d'un ouvrage sérieux, les pétillements de gaz d'une coupe de poète.

Le vrai bonheur de l'homme consiste bien moins dans l'accomplissement de quelque ardent désir que dans une série régulière de quelques modestes satisfactions. Le premier est comme une pluie abondante qui abreuve en un instant une terre desséchée, mais dont la bienfaisante action n'a qu'une durée limitée ; le second est comme une rosée salutaire qui chaque jour ouvre dans le sol un nouveau germe et fait éclore une nouvelle fleur. Celui-ci, la Providence l'a mis à notre portée. Si nous ne savons pas le voir ou l'apprécier, c'est presque toujours notre faute. Il n'est pas au pouvoir de chaque homme d'acquérir un grand nom ou une grande fortune, d'être César ou Crésus, Colomb ou Cuvier; mais il n'est peut-être pas une créature au monde, si humble que soit sa condition, qui n'ait près d'elle ses gouttes de rosée, cette manne fortifiante que chaque matin la main de Dieu laissait tomber sur la route déserte des Israélites. J'en excepte les méchants, qui se ferment à eux-mêmes, tant qu'ils restent méchants, les sources des douces émotions, les portes du ciel.

Voyez pourtant dans quel thème de morale me voilà lancé, le tout afin de vous dire que les livres du capitaine m'avaient été dans notre traversée d'un grand secours. Pour prévenir mes digressions, il serait bon que j'eusse près de moi un conseiller comme le sage chien Scipion de Cervantès, qui de temps à autre me répéterait : « Basta, vuelva a tu senda, y camina (en voilà assez, retourne à ton sentier, et chemine). »

Et vraiment le sentier est d'une belle longueur, de plus fort curieux, en ce sens que j'y ai trouvé un échantillon de tous les changements de température, de toutes les péripéties de diverses navigations.

Jadis on ignorait le mouvement régulier des vents alizés, des moussons [1]; et le vaillant Vasco de Gama, qui le premier doubla le cap de Bonne-Espérance, fît, par suite de cette ignorance, un terrible voyage. Mais on sait en quelle saison ces vents s'élèvent sur tel ou tel parage. On a tracé sur la carte les différentes directions avec une précision pareille à celle d'une ligne de chemin de fer. Ce sont de fiers seigneurs, qui règnent despotiquement sur la zone que le roi Éole leur a assignée, et qui ne s'avisent pas d'abandonner leur domaine pour courir à la recherche d'un pauvre navire égaré à distance. Il faut donc se soumettre à leur autocratie, marcher à leur rencontre et prendre leur passe-port, sous peine de louvoyer indéfiniment en dehors de leur barrière.

Pour gagner les vents alizés du nord-est, nous avons dû, en quittant la Havane, remonter au 23° de latitude au delà du 34°, et du 82° de lon-

---

[1] Les vents alizés semblent être occasionnés par le mouvement de rotation de la terre sur son axe, combiné avec l'influence raréfiante qu'exerce le soleil entre les tropiques. Ils s'étendent à peu près jusqu'au 28e degré de latitude au nord et au sud de l'équateur, et dans quelques endroits ils sont séparés par un espace considérable, où règnent les vents variables.

Les moussons ou vents périodiques sont ceux qui soufflent six mois du même côté, et qui prennent une direction tout à fait contraire le reste de l'année. Ils règnent plus constamment dans les mers de l'Inde que partout ailleurs.

gitude rejoindre le 20°, pour descendre ensuite jusqu'à la ligne et de là jusqu'au 35° de latitude sud. Si nous eussions entrepris ce trajet par amour pour les contrastes, nous n'aurions pas mieux réussi; car rien ne nous a manqué, ni le vent glacial de l'hiver, ni la plus ardente des canicules, ni les coups de vent et les grains qui soudain se lèvent sur l'horizon le plus pur, s'avancent avec la rapidité de l'éclair, éclatent comme la foudre.

Comme vous n'avez jamais fait que voyager gaiement sur la Saône et le Rhin, il est bien possible que vous ne vous rendiez pas exactement compte de ce terrible mot de grain, ni même des mots d'ouragan, de tempête, que l'on emploie indifféremment dans la conversation, sans se douter qu'ils n'ont pas la même signification. J'emprunte, pour vous en donner une juste idée, les détails suivants à l'ouvrage de J. Horsburg, traduit par M. le contre-amiral le Prédour :

« On compte trois espèces de grains. Ceux que l'on nomme grains arqués sont très fréquents : ordinairement ils s'élèvent au-dessus de l'horizon en formant un arc; mais souvent ils prennent la forme d'un gros nuage noir, surtout quand ils contiennent de la pluie ou de l'électricité. Ces nuages montent quelquefois très rapidement, et laissent à peine le temps de réduire la voilure avant que le vent se fasse sentir. Dans d'autres circonstances, ils se meuvent, au contraire, très lentement et se dispersent sans que le vent ait acquis la force nécessaire pour arriver jusqu'au navire. La seconde espèce de grains n'est pas aussi facile à distinguer, attendu qu'ils proviennent des nuages qui sont déjà formés dans la partie la moins élevée de l'atmosphère, et produisent généralement beaucoup de pluies et de rafales successives. Les grains blancs sont assez rares, mais on en rencontre quelquefois entre les tropiques ou dans les environs, surtout auprès des terres élevées. Ils sont ordinairement violents et de peu de durée. Ils surviennent souvent lorsque le ciel est clair et sans qu'aucune circonstance atmosphérique les fasse prévoir, ce qui les rend très dangereux. La seule chose qui annonce quelquefois leur approche est le bouillonnement de la mer, qui est agitée par la violence du vent.

« Les tempêtes peuvent se diviser en trois classes : les coups de vent, les ouragans, les tourbillons. Les premiers éclatent en dehors des tropiques, et règnent quelquefois plusieurs jours de suite, surtout pendant l'hiver. Ces coups de vent viennent ordinairement de l'ouest, et il est rare qu'ils varient aussi promptement que ceux qu'on éprouve entre les tropiques. Cela arrive pourtant quelquefois, et l'on attribue à ces changements la perte de différents bâtiments qui, ne les ayant pas prévus, ont conservé des voiles carrées.

« Les ouragans se font rarement sentir en dehors des tropiques et par moins de 9° ou 10° de latitude. C'est auprès des tropiques et dans le voisinage des îles et des terres qu'ils déploient toute leur furie, car au large on en rencontre rarement, et ceux qu'on ressent à 10° de l'équateur sont moins violents qu'auprès des tropiques.

« Ce sont d'horribles tempêtes, durant lesquelles les vents changent quelquefois cap pour cap et élèvent les lames en pyramides. Leur violence est telle, que rien ne peut leur résister. Ils brisent les mâts des navires et déracinent les arbres les plus forts. On a estimé que dans quelques-unes de ces tempêtes le vent filait quatre-vingts à quatre-vingt-dix milles par heure (vingt-sept à trente lieues), tandis qu'il en file à peine vingt dans ce qu'on appelle bonne brise. Il y a des endroits où les ouragans sont accompagnés de tremblement de terre.

« Les tourbillons sont souvent occasionnés par les terres hautes et inégales. Lorsque le vent est violent, il descend parfois des montagnes des rafales ou tourbillons à la surface de la mer; mais le phénomène appelé tourbillon et que les marins nomment trombe est attribué à l'électricité. C'est dans les climats chauds, et lorsque

de gros nuages noirs occupent la région infé-
rieure de l'atmosphère, qu'on rencontre ordinairement les trombes. L'air est alors surchargé
d'électricité, et l'on a en même temps du
tonnerre et beaucoup de pluie[1]. »

Nous avons donc passé par les coups de vent
qui soulèvent la mer jusque dans ses profondeurs, par les grains perfides qui semblent épier
le moment où le pilote s'appuie tranquillement
sur la barre du gouvernail, pour fondre sur le
navire et briser ses mâts d'un coup d'aile. Nous
avons passé par la neige et la pluie, par les
fureurs de l'ouragan et la somnolence des
calmes, en un mot, par les deux régions
extrêmes. Dans un jour de funérailles, les
femmes des îles Sandwich chantent un chant
de deuil dont nous pourrions bien nous appliquer chaque vers, quoique nous ne soyons pas
encore morts : « Hélas ! notre ami est dans la
saison de la famine, notre ami est dans la pauvreté ; notre ami est à la pluie et au vent ; il
est à la chaleur et au soleil ; il est dans l'orage
et dans le calme ; il est sur les huit mers. »

A deux degrés au-dessus des Bermudes nous
n'avons pas assez de manteaux, de couvertures
et de bas de laine pour nous garantir du froid.
Six semaines après, au commencement de mars,
j'aurais voulu pouvoir vivre dans l'eau comme

---

[1] Instruction sur les mers de l'Inde.

un poisson. Nous étions dans l'été d'un autre hémisphère. Quel été! un horizon d'un blanc mat comme le fond d'une fournaise, un ciel de feu; pas une brise rafraîchissante, pas une exhalaison humide. Le jour est sans pitié, et la nuit qui invite au sommeil,

Suadentque cadentia sidera somnos,

la nuit est encore pire. On voudrait coucher sur le pont, mais la lune ne permet pas de tels caprices. Diane, dans la zone torride, punit de sa témérité celui qui s'endort devant elle; elle darde sur lui je ne sais quels rayons envenimés qui lui font enfler la tête comme une tonne et lui tordent le visage.

Que de fois, dans ce fort ambulant de *l'A...,* j'ai pensé aux verts sapins de mes montagnes de Franche-Comté, aux collines idylliques de la Chaudeau, à l'ombre des acacias où l'amitié m'attend sur les bords fleuris de la Seymouse!

Mais un voyage sur mer est une école de patience. Nul vœu ardent, nulle volonté humaine ne peuvent faire que madame la brise renonce à une de ses fantaisies. Il y avait autrefois en Laponie des sorciers qui vendaient des séries de vents enfermés dans les nœuds d'un mouchoir. C'était très commode. Ces sorciers ont disparu, comme tant d'autres êtres à jamais recommandables. Maintenant, lorsque vous vous trouvez lancé en plein Océan, vous appartenez au capitaine, *maître de son navire après Dieu*, dit sagement son brevet, et vous appartenez avant tout aux éléments. Le mieux est de courber la tête en silence sous les nuées qui s'amoncellent, sous l'orage qui gronde, de se résigner au calme qui aplatit les voiles sur les mâts, comme des chiffons de toile, au vent qui se lève droit devant vous comme un brutal gendarme pour vous empêcher de passer, ou au vent variable qui, comme un enfant folâtre, saute en un instant sur tous les points de la boussole.

Cependant s'il n'est pas de joie qui, dans ce globe déshérité de son Éden, ne doive pas être payée par quelque peine, pas d'espoir sans troubles, pas de succès sans fatigue, on peut bien acheter au prix de quelques souffrances la poésie d'une navigation par un beau temps sur ces flots qui, dans leur étendue, touchent à tant de contrées et présentent tant de phénomènes différents. Quand, à la hauteur de Madère, on entre dans le courant des vents alizés, c'est un charme indicible que de glisser en droite ligne sur les lames assouplies, à l'aide d'un souffle régulier qui n'imprime au navire qu'un doux balancement, qui semble prendre à tâche de lui éviter toute secousse et le caresse comme un navire aimé de Dieu.

De cette latitude jusqu'à cent à cent cinquante lieues de l'équateur, dans la saison d'hiver, à un climat tempéré se joignent les prismes, les jeux éclatants d'une lumière splendide. La mer a le rayonnement d'un saphir sans tache. Sur son bassin d'azur se lève une ligne blanche qui fait le cercle de l'horizon; plus haut, un ciel limpide parsemé de légers nuages. On dirait que le ciel se marie avec l'onde par un anneau d'argent, et qu'il a pour cette solennité paré son manteau bleu de flocons de roses et de jonquilles. Plus de rafales ni de tempêtes. Le fougueux Borée est enchaîné dans d'autres parages, et les myriades d'êtres vivants qui peuplent les profondeurs de l'Océan semblent être appelés à ces fêtes nuptiales. Des légions de poissons volants, fendant l'air comme des oiseaux, sont sans doute les messagers agiles qui annoncent le cortège. Des souffleurs à la respiration bruyante ouvrent la marche comme des hérauts d'armes au pas pesant; des dauphins cabriolent sous une nappe d'écume comme des coursiers sous leur carapace d'argent. Des marsouins bondissent quatre à quatre, traînant peut-être le char d'Amphitrite; puis çà et là apparaissent les élégantes de la cour océanique, les bonites aux écailles cendrées, les dorades à la robe étincelante. Et comme sur les eaux, de même que sur terre, il n'y a point de nobles réunions sans quelque mauvais sujet, à la suite de cette royale assemblée on distingue les peaux zébrées d'une cohorte de pilotins servant de

guides au requin, vagabond des cités aqua-
tiques, ennemi de leur ordre social, Robert
Macaire de l'empire de Neptune.

Je demande grâce pour cette esquisse entre-
mêlée de couleurs mythologiques, qui sans
doute sont bien vieillies.

D'ailleurs, en face d'un tel spectacle, les
fables du paganisme ne sourient qu'un instant
à l'esprit. Bientôt une conception plus grave
chasse comme une vaine illusion leurs cohortes
aériennes. Bientôt elles s'évanouissent pour
laisser l'âme dans le saisissement d'une auguste
et sévère poésie, de la poésie du christianisme.
Non, quand on se trouve dans la solitude infinie
de l'Océan, si petit devant l'immensité, si faible
devant la tempête, il n'est pas possible de songer longtemps à l'écharpe d'Iris, aux grottes de
cristal des Néréides ; on ne peut que s'incliner
devant l'unique et suprême puissance qui, dans
leur cercle éternel, fait tournoyer ces mondes
où s'agite l'orgueil de l'homme, dont le temps,
selon l'éloquente expression de Pope, n'est
qu'un moment et l'espace un point :

His time a moment, and a point his space.

Le soir, quand d'un côté le soleil disparaît
à l'horizon dans des flots d'or et de vermeil ;
quand de l'autre étincellent les rayons de la
lune, qui dans le mouvement des vagues se
croisent, s'entrelacent comme ceux de l'aurore

boréale et sautent comme des feux follets ; quand
le long du navire les flots phosphorescents jaillissent comme une pluie d'étoiles, et que derrière lui son sillage ruisselle comme un torrent
de flammes ; quand sous les astres de la voûte
céleste la mer brille comme un autre ciel avec
sa couronne de perles et ses gerbes de diamants, c'est un tableau qu'on ne peut pas
aspirer à décrire et qu'on ne se lasse pas de
contempler dans une muette admiration. C'est
l'heure aussi des austères recueillements, des
tendres absorptions de la pensée, l'heure qui,
comme l'a si bien dit Dante, donne une autre
impulsion aux désirs du marin et attendrit le
cœur :

L'ora che volge 'l desio
A' naviganti e 'ntenerisce il cuore.

Alors, tandis que les sens restent enchaînés
à cette scène sublime, l'imagination s'en va de
rêve en rêve, de région en région, jusqu'aux
lieux où elle s'arrête dans l'enceinte d'une maison chérie, jusqu'au lointain village où à cette
heure solennelle les tintements de l'Angélus se
mêlent au dernier chant des oiseaux, au murmure des bois. Et l'on reste là entraîné, subjugué par toutes les émotions que la mémoire
reproduit, que l'espérance enfante, jusqu'à ce
que l'aigre voix d'un contremaître répétant
l'ordre d'une manœuvre, et les cris des matelots et les sifflements des poulies vous ramènent

à la réalité d'un navire de commerce qui ne s'inquiète que des variations de la brise.

Quelquefois, après des éclairs qui embrasent l'horizon et des coups de foudre que chaque vague semble répéter, soudain les nuées chargées d'orages s'éclaircissent, les flots tombent affaissés sur eux-mêmes, et s'endorment comme des voyageurs épuisés de fatigue. Alors il n'y a plus aucun souffle dans l'air, aucun soupir sur les eaux. C'est le silence le plus complet, le plus profond qu'il soit possible d'imaginer, un silence de mort, où rien ne se meut, où rien ne bruit, où, ainsi que l'a dit Coleridge, le navire immobile est comme un vaisseau peint sur une mer peinte :

> As idle as a painted ship
> Upon a painted ocean.

Heureux ceux qui n'ont pas à mesurer trop longtemps la durée de ce calme ! Le passager, qui de sa nature est ennemi des vives secousses du navire, commence par se réjouir de la halte qui le repose de la maladive action du tangage. Puis bientôt on reconnaît très sensément qu'avec de pareilles haltes on n'arrive pas à son but ; puis on cherche de tout côté si quelque nuage n'annonce pas un souffle de vent. Penché sur les bastingages, on interroge du regard impatient l'horizon :

Sœur Anne, ma sœur Anne, ne vois-tu rien venir ?

Ces calmes sont, aux environs de l'équateur, l'épouvante des marins. Une fois qu'ils commencent, on ne sait quand ils finiront. L'an dernier, un bâtiment belge qui portait cent trente colons à Rio-Janeiro est resté pendant quarante-deux jours à quelques lieues de la ligne. Par une telle calamité, on n'est pas exposé, il est vrai, à chavirer; mais avec un bâtiment approvisionné comme l'*A...*, on court risque de mourir de faim, ce qui est encore un genre de mort assez désagréable.

On se forme en général, d'après les narrations des voyageurs, une singulière idée des parages étrangers. En faisant cette remarque, je ne prétends pas attaquer l'honorable confrérie des pèlerins du monde dans laquelle ma bonne et ma mauvaise fortune m'ont enrôlé. Dieu m'en garde! je fais cause commune avec eux et ne puis mettre en doute leur véracité. Seulement cette véracité varie selon les circonstances et selon les diverses impressions qui en résultent. Il est clair que celui qui verra une des îles des régions méridionales par un épais brouillard, en un jour de pluie, en fera une tout autre description que celui qui la contemplera dans sa riche parure, riante et parfumée comme une péri sous le dais azuré d'un beau ciel. Chacun d'eux éprouvera là une émotion différente, et dans leurs récits dissemblables tous deux pourront être également sincères.

Car le public devant lequel nous comparaissons humblement au retour d'une de nos excursions est un juge trop sévère et trop méticuleux pour que nous puissions chercher à lui en imposer. Le proverbe : *A beau mentir qui vient de loin,* date d'un temps d'ignorance où l'on pouvait raconter tranquillement qu'on avait vu les amazones, les cyclopes et plusieurs autres merveilles, sans crainte d'être arrêté au beau milieu de sa narration par un collégien qui a lu son Balbi et son Malte-Brun.

Pour mon compte j'ai été pris plus d'une fois à ces tableaux des contrées vers lesquelles je courais avec ardeur, et je n'en veux point à ceux qui les avaient magnifiquement dépeintes, car je crois qu'ils étaient de bonne foi. J'avais lu, par exemple, de charmantes descriptions de l'arrivée d'un bâtiment à l'équateur, des joyeuses cérémonies par lesquelles on célèbre le baptême de la ligne. Et nous avons traversé l'équateur sous une brume épaisse, par une série continuelle de grains et d'averses qui ne disposait, je vous assure, nullement à la gaieté. Pas n'était besoin que nos matelots préparassent des costumes de carnaval pour venir, au nom du père la Ligne, saluer leurs officiers. Avec leur veste en peau, leur *surouest*[1], leur pantalon en toile gommée, ils étaient suffisamment masqués ; et

---

[1] Casquette à larges bords en cuir goudronné.

quant au baptême, les nuées crevant comme des outres se sont chargées de nous l'administrer, et nous l'ont donné complet.

Enfin nous voici dans un nouveau rameau de vents alizés qui nous poussent assez lestement au sud. Nous avons vu s'effacer peu à peu derrière nous, puis disparaître l'étoile polaire, fidèle flambeau des marins du Nord. D'autres constellations décorent un autre hémisphère. Chaque soir de nouvelles étoiles semblent sortir du sein des flots comme des épis dorés du sillon des champs, et de jour en jour montent graduellement à l'horizon. Le lendemain, d'autres encore s'élèvent à la même place et suivent la même ascension. On dirait une armée qui, des profondeurs de la mer, s'avance en bataillons réguliers pour comparaître sous les yeux de son chef dans les plaines éthérées. Quelquefois, au milieu de ces astres rangés en silence à leur poste, tout à coup resplendit une flamme qui jette au loin une pluie de feu, la flamme du météore qui brille et s'évanouit comme le signal d'une fusée dans la marche des corps célestes.

C'est une belle science que l'astronomie, qui suit à des millions de lieues de distance le mouvement des sphères, qui indique la place qu'elles doivent occuper, le cercle dans lequel elles doivent se mouvoir, et le temps qui leur est assigné pour leurs diverses évolutions. C'est la plus admirable conquête de l'intelligence

humaine. Mais, à côté de cette poésie du chiffre
et de la figure géométrique portée à sa plus
haute puissance, il est une autre poésie qui
n'exalte pas moins l'imagination et qui pénètre
plus avant dans le cœur, la poésie des peuples
primitifs et des pauvres ignorants tels que moi.
Non, pour se complaire dans la magnificence
d'un ciel étoilé, pour passer sur le pont d'un
navire de délicieux moments de solitude à regarder les jets éclatants de Sirius et les pointes
d'argent de la Croix du sud, il n'est pas besoin
de connaître leur histoire ni de mesurer leur
grandeur. O légions merveilleuses des mondes
innombrables semés dans l'espace, immortelle
splendeur du Dieu qui déroule le ciel comme
un voile et se fait un vêtement de lumière, il
n'est pas un être humain qui, à votre aspect,
ne sente s'éveiller en lui ou une tendre ou une
solennelle pensée. C'est à la lueur des astres
nocturnes que les anges vinrent annoncer aux
pâtres de Bethléhem la bonne nouvelle : *Gloria
in altissimis Deo, et in terra pax hominibus
bonæ voluntatis.* A la lueur de ces astres, les
âmes troublées se rassurent dans l'espérance
d'un séjour meilleur, et l'être le plus sceptique
ne peut regarder un tel spectacle sans émotion.

Un soir, après une de ces journées pareilles
à celles des contes de l'Orient, le soleil s'est
couché sur un lit si rouge, que tout le côté de
la mer exposé à ces reflets ressemblait à une

mer de sang. Pendant que je considérais ce phénomène, dont jusqu'ici je n'avais vu aucun exemple, soudain des nuages se lèvent à l'est, épais et lourds comme des masses de neige qui, du haut des Alpes, menacent de la chute d'une avalanche les habitants de la vallée. En un instant ils s'étendent au loin, cernent l'horizon, enveloppent le ciel entier. En moins de temps que je n'en mets à écrire ces quelques lignes, à une lumière éclatante succède une nuit sépulcrale. Dans la profondeur de ces ténèbres jaillissent des éclairs qui glissent sur les nuées comme des serpents de feu, puis se perdent dans l'obscurité. A leur jet rapide on distingue de grands oiseaux noirs comme des corbeaux, rasant les flots du bout de leurs ailes et tournoyant autour du navire en poussant des cris sinistres. La foudre gronde et retentit dans les espaces aériens, comme l'artillerie dont Milton arme les milices célestes. Le vent siffle, la mer mugit. Tous les matelots qui étaient sur le pont et tous ceux qui reposaient déjà dans leurs hamacs sont appelés à carguer les voiles, et les glapissements plaintifs dont ils accompagnent leurs manœuvres, mêlés aux cris des oiseaux de fatal augure, au fracas de la foudre, au gémissement des flots, forment un concert tel, que jamais les sorcières d'Allemagne n'en entendirent un semblable dans leurs nuits sataniques sur le sommet du Blocksberg.

J'ai vu en Égypte, dans le désert d'El-Arousch, le simoun enlever en tourbillons flottants des collines de sables ; j'ai vu les cimes de palmiers se briser à son souffle, et les chameaux tremblants s'étendre sur le sol avec des regards effarés. Mais ce tableau, si saisissant qu'il fût, ne m'est apparu dans mes souvenirs que comme une faible image de l'ouragan qui nous a surpris au delà de l'équateur, dans un calme complet. C'est le pampero, l'ouragan redouté des marins qui se dirigent vers le cap Horn. Il éclate quelquefois si subitement, qu'à peine a-t-on le temps de se mettre en garde contre lui en serrant toutes les voiles, et quelquefois il se livre à sa rage pendant plusieurs jours.

Par bonheur, nous sommes dans la saison où il garde encore un peu d'humanité. Son accès n'a duré que quelques heures. Bientôt nous avons vu les amas de nuages s'entr'ouvrir, se disperser comme par enchantement, et les étoiles reparaître plus vives et plus riantes, comme un essaim de jeunes filles qui salueraient l'azur du ciel après un rude emprisonnement.

J'espère que c'est là notre dernière épreuve. Nous avons passé, il y a un mois, par la latitude de Tombouctou, par celle du Congo et des autres plages brûlantes de l'Afrique, puis par celle de Sainte-Hélène.

L'aride terre de Longwood, illustrée par la

plus grande infortune, était en face de nous, à vingt-cinq degrés de longitude de distance. Que n'ai-je eu le tuyau d'ivoire du prince Ali, dont l'aimable Scheherazade a raconté l'histoire, pour regarder au moins le tertre solitaire où mourut celui qui, sur la table du monde, jouait aux échecs avec les trônes !

Nous voici au delà du tropique du Capricorne, à la hauteur de Rio-Grande. Encore un souffle de vent propice, et nous touchons à Montevideo. Je me réjouis à l'idée de voir là quelque bâtiment de guerre français. Sur les plages étrangères, le bâtiment de guerre remplace le sol de la patrie. Dès mon entrée dans le port, je cours au premier que j'aperçois. J'espère y trouver, au sein de ses officiers, un peu de bonne et intelligente causerie nationale dont je suis privé depuis si longtemps ; j'espère, faut-il vous le dire ? y trouver un dîner français. Ne jugez pas trop sévèrement ce désir matériel ; il y a soixante-quinze jours que je vis de pommes de terre avariées et de haricots secs !

Dans les pampas, un gaucho.

IX

LES PAMPAS ET LES GAUCHOS

I

L'Espagne, dans l'immensité de ses possessions, confiait autrefois à l'autorité de ses vicerois des contrées d'une étendue à laquelle, en nos jours de morcellement universel, on peut à peine croire. La vice-royauté du Pérou s'étendait depuis Guayaquil jusqu'au cap Horn, sur un espace de plus de 55 degrés de latitude, comprenant les régions les plus diverses, sous les climats les plus opposés, sous les feux de la zone torride, sous la douce et vivifiante action de la zone tempérée, sous les orages et les froids brouillards de la zone glaciale.

La vice-royauté de Buenos-Ayres s'étendait du 22° au 41° degré de latitude sud, d'un côté, depuis les Andes jusqu'à l'océan Atlantique; de l'autre, depuis le Brésil jusqu'à la Patagonie. En détachant de cette contrée le Paraguay et la Bande orientale, constitués en États indépendants, reste le territoire de la république Argentine ou des provinces unies du Rio de la Plata, dont la surface est de plus de deux cent quarante mille lieues carrées, bornées au nord par la Bolivie, à l'ouest par le Chili, à l'est par le Paraguay, la Bande orientale, et au sud par la Patagonie.

Il y a là treize provinces dont en Europe on ferait d'assez jolis royaumes, et dont plusieurs ne comptent pas tant d'habitants que nos plus petits arrondissements.

On se fait en général une idée inexacte de la configuration de ces provinces. D'après les récits de quelques écrivains, il semblerait que la république Argentine n'ait qu'une plaine uniforme qui, du pied des Andes, se déroulerait comme un tapis de trois cent cinquante lieues de largeur jusqu'aux flots de l'Océan. On parle souvent des pampas, et l'on applique cette désignation à des districts qui n'ont nullement le sombre caractère du désert des pampas.

Quoique je ne sois qu'un fort pauvre apprenti dans les sciences géométriques, j'essayerai de rectifier quelques-unes de nos erreurs habituelles en ce qui concerne la topographie de la république Argentine.

Sur la carte de la république Argentine il y a trois lignes distinctes à établir, trois régions à reconnaître. A l'extrémité occidentale, une région de montagnes descendant à l'est de San-Juan et de Mendoza. Au centre, une région de collines, de sierras ou sierritas, coupées par de larges vallées enlaçant dans leurs ramifications une partie du territoire de Cordoba touchant aux cités septentrionales du Tucuman, du Salta, du Juguy. La région des plaines se divise en deux parts ; au nord de Buenos-Ayres, entre le Rio-Paraguay et le Rio-Salado, est le grand Chaco, sol inculte, mais fertile, traversé en diagonale par le Rio-Vermijo, couvert d'une abondante végétation et destiné à être quelque jour l'une des contrées les plus belles et les plus populeuses du globe.

A très peu de distance de la pointe méridionale de ces longs llanos taillés en triangle, est l'immense circonférence de terrain plat qui, de l'est à l'ouest, c'est-à-dire de Buenos-Ayres jusque dans le voisinage des Andes, occupe plus de 10 degrés de latitude, et du nord au sud plus de 8 degrés de longitude. D'un côté, les contours argentins de cette vaste plaine

sont parsemés, à soixante lieues de distance,
de chacras et d'estancias, exposés seulement aux
dangers d'une sécheresse qui peuvent être pré-
venus par des travaux d'irrigation ; de l'autre,
elle s'étend à travers la sauvage Patagonie.
Au centre sont les réelles pampas, la terre que
nul ruisseau n'arrose, et où nul bétail ne peut
subsister ; la terre possédée, comme celle de
Cham, par des tribus d'Indiens nomades comme
les Tartares des steppes, armés de longues
lances comme les Bédouins de Syrie, rapaces
et sanguinaires comme les Indiens du Nouveau-
Mexique.

Quand on a essayé de tracer avec la plume
ces lignes géographiques, quand on a franchi
plusieurs milles avec la galera ou avec le
cheval impétueux lancé à fond de train, on
s'arrête au milieu de ces interstices trigonomé-
triques, le cœur saisi par le vrai, par l'unique,
par l'imposant caractère de ce pays, par le
sentiment de son immensité : immensité des
fleuves qui, des montagnes du Brésil, amassent
sur leur route les eaux de leurs larges affluents
se jetant comme un océan dans un autre océan ;
immensité des sierras qui, par des gradins
successifs, s'élèvent jusqu'au sommet du merveilleux amphithéâtre de la Cordillère ; immensité des lagunes inondées par les flots du
Parana comme le delta d'Égypte par les débor-
dements du Nil ; immensité des plaines dont

nul coteau, nul accident de terrain n'interrompt la plate surface ; immensité de l'horizon dont le cercle vaporeux se déroule autour de ces champs sans fin comme autour de la mer, immensité de la pensée de solitude qui subjugue l'âme de l'homme au sein du désert, entre un ciel muet et une terre inanimée.

On éprouve cette grave et solennelle impression du désert dans les zones mêmes où fleurissent les estancias. Chacun de ces établissements est d'une énorme étendue. Il y en a de trente, de quarante, et plusieurs de soixante lieues. Au milieu est l'habitation du maître, souvent fort grossièrement bâtie et pauvrement meublée ; de distance en distance apparaît le *rancho* du péon ou du capataz, avec ses murs de sable et de limon et son toit de chaume. Nulle barrière n'entoure cette propriété, nul fossé n'en indique les limites. La plaine entière n'est qu'un pâturage, comme la terre biblique du temps des patriarches. Les animaux de chaque estancia circulent librement à travers ces domaines étranges. Les péons, en les perdant de vue, ne les oublient pas. Chaque estancia est, selon sa circonférence, divisée en plusieurs districts ; chaque district, confié à la surveillance d'un certain nombre de péons sous la surveillance d'un capataz. L'office de ces pâtres américains est de rassembler le soir le bétail dans l'enceinte de terre battue qu'on

appelle le rodeo, et de le chasser le matin dans
le pâturage. Les animaux, habitués promptement à ce régime, rendent cette tâche facile.
Au coucher du soleil, ils reprennent d'eux-
mêmes, par instinct, le chemin de leur gîte
nocturne, et en sortent à l'aurore. De même
que le Lapon connaît, à ne pas s'y tromper, la
couleur, la forme, les signes particuliers de
chacun de ses rennes, le péon peut énumérer
à coup sûr la quantité de ses vaches, de ses
génisses, et les signaler l'une après l'autre par
un trait distinct. Chaque animal reçoit du reste,
dès l'âge d'un an, la marque du maître impri-
mée sur la cuisse avec un fer chaud. Quand
vient le jour d'une vente, quand le péon veut
avoir ses milliers de vaches au complet, il s'en
va tranquillement dans l'estancia voisine chercher celles qui lui manquent et les ramène à
leur sol natal.

Qu'on se figure, s'il est possible, les sensa-
tions étranges que le voyageur européen doit
éprouver en s'aventurant à travers un tel pays.
C'en est fait des ingénieux moyens de locomo-
tion employés en d'autres contrées, des facilités
de communication, des habitudes de confort
qu'il a trouvées ailleurs à chaque pas. Ici il
n'y a ni ponts, ni canaux, ni diligences, ni
auberges. L'intelligence du gaucho aurait de la
peine à comprendre la route macadamisée, et
la description du chemin de fer lui paraîtrait

sans doute un conte peu probable. Ici l'on ne
s'en va guère d'une province à l'autre sans un
guide ou vagueano, qui reconnaît la direction
qu'il doit suivre à la position des astres, à
quelques flaques d'eau, à certains signes inexpli-
cables pour tout autre que lui. Si malgré son
expérience il se trouve embarrassé, il mettra
pied à terre pour observer de plus près le sentier dans lequel il est engagé. Si l'on redoute
l'approche d'une troupe d'Indiens, il se pen-
chera sur le sol, et, comme les pionniers de
Cooper, distinguera au froissement de quelques
plantes, à une trace presque imperceptible, si
la troupe hostile a été là, de combien d'in-
dividus elle se compose, et depuis combien
d'heures elle a passé. La même nature, en sou-
mettant les hommes de différentes races aux
mêmes craintes et aux mêmes besoins, leur
donne la même perspicacité. Il y a dans la pratique des lieux qu'il parcourt, dans la finesse
de l'ouïe et la pénétration du regard, une simi-
litude étonnante entre le chamelier arabe, le
chasseur des Alpes, le pâtre nomade de la
Laponie, le trappeur de l'Amérique de l'Ouest
et le vagueano de l'Amérique du Sud.

Sous la conduite de ce guide, le voyageur
emboîté dans la caisse en bois de la galera verra
bondir devant lui, comme dans une chasse fan-
tastique, une centaine de chevaux sans harnais,
destinés à relayer de distance en distance ceux

qui sont attelés à son lourd chariot. S'il est dans la carreta, il s'en ira pas à pas à travers la plaine, comme nos anciens rois mérovingiens dans leurs promenades indolentes à travers leurs cités barbares. S'il est assez alerte et hardi pour s'élancer sans crainte sur le cheval à demi dompté qu'il trouvera de loin en loin dans les cabanes qui servent de maisons de poste, il aura cette indicible émotion de vitalité et d'indépendance que l'on éprouve à se sentir emporté au galop d'un noble coursier dans le libre espace. C'est là le meilleur mode de voyager dans les pampas. Seulement il exige de la force et de l'habileté. Tantôt on arrive à un champ hérissé de chardons, pareil à une forêt de lances de six ou huit pieds de hauteur, qu'on doit prudemment éviter, tantôt à un étang boueux où le cheval s'enfonce dans la vase jusqu'au poitrail, tantôt à une rivière qu'il faut traverser à la nage.

A la fin d'une de ces journées de marche difficile et parfois périlleuse, le voyageur regarde à l'horizon, cherchant de côté et d'autre un toit pour s'abriter. Souvent il ne verra que la terre nue, il n'entendra autour de lui que le bruissement d'une volée de perdrix, le clapotement aigu et strident du *teroutero,* ou le cri de l'oiseau nocturne que les Indiens appellent yaya. Son nom, comme celui du *whip-poor-will* dans l'Amérique du Nord et du toucan dans les régions tropicales, lui vient de l'accentuation particulière des sons qu'il répète sans cesse. Il signifie dans le dialecte guarani : Allons, allons. On dirait d'un encouragement providentiel, qu'à l'heure du soir cet oiseau des régions désertes adresse à ceux qui ont à faire un long chemin.

Cependant le voyageur est las, et, malgré les avis réitérés du yaya, il ne peut continuer sa route dans les ténèbres. A l'exemple de son guide, il débride son cheval, prend son recado, se fait un oreiller de sa selle, un tapis de sa couverture, s'étend sur le sol et dort en plein air, à la garde de Dieu. Si, un autre soir, il distingue dans l'ombre, au-dessus de l'herbe touffue, les murs en terre du rancho et le nuage de fumée tourbillonnant au-dessus du toit, qu'il s'approche sans crainte de la demeure solitaire, qu'il en ouvre la porte avec confiance. La famille du gaucho est là, réunie dans une étroite enceinte. L'étranger entre en prononçant les saintes paroles qui, par une religieuse habitude, remplacent encore dans une grande partie de l'ancienne Amérique espagnole nos banales formules de civilité européenne. *Ave, Maria purisima,* dit l'étranger. A ces mots évangéliques, à ce signe de confraternité chrétienne, le gaucho répond : *Sin pecado concebida;* puis il se lève, s'avance au-devant de son hôte. et lui offre le seul siège dont on fasse usage dans sa primitive habitation : une tête de cheval dépouillée de sa peau.

La demeure du gaucho est éclairée par une petite lampe alimentée avec du suif. Aux murailles sont suspendus les brides, les éperons, les lassos et les bolas. Au milieu est le foyer, autour duquel les habitants couchent le soir, enveloppés dans leurs ponchos. A quelques pas de distance est une autre cabane servant de cuisine : c'est là que l'on rôtit la chair de bœuf traversée par une broche en fer ou en bois, que l'on tient dressée horizontalement devant le feu. C'est ce qu'on appelle l'*asado*. Le véritable asado est le quartier de bœuf cuit dans sa peau. Un vigoureux garçon apporte au bout de sa broche cet homérique rôti, et chacun en coupe tour à tour une tranche qu'il prend entre ses doigts et mange d'un bon appétit, ordinairement avec un peu de sel, presque toujours sans pain. Je suppose qu'un habitué du café Anglais éprouverait un profond sentiment de pitié en entendant narrer les détails d'un tel souper, et pourtant je ne sais s'il y a, dans les officines culinaires les plus renommées, un disciple de Carême capable de composer avec toutes les ressources de son art un mets plus savoureux que cette pièce de viande grillée dans son enveloppe de cuir. On me l'avait dit, et j'en ai fait plusieurs fois l'expérience avec un vrai plaisir gastronomique. Je dois ajouter qu'une course de plusieurs heures à travers champs, à l'air vif des pays argentins, est un puissant assaisonnement.

II

De même que, comme je l'ai déjà remarqué, nous nous faisons généralement en France une idée erronée de la topographie des provinces du Rio de la Plata, de même nous nous trompons sur le caractère du gaucho. Ce n'est point, comme on se le figure habituellement, un sauvage vagabond. C'est l'habitant de la campagne, c'est le paysan d'une contrée qui, par sa nature différente de la nôtre, donne à celui qui s'y fixe une différente manière d'être et d'exister. Il y a des gauchos propriétaires qui exploitent eux-mêmes leur estancia; il y a des gauchos qui cultivent et ensemencent le sol; il y en a dont le métier est de creuser des fossés. Ils construisent des palissades pour enclore les chacras et les quintas. Il y en a qui sont Anglais ou Allemands d'origine. La plupart cependant descendent des anciens colons espagnols, et, sauf quelques altérations, parlent très bien l'espagnol.

En dehors de ses habitudes de chasse ou d'équitation, le gaucho est indolent, c'est vrai, peu industrieux et peu porté au travail agricole, c'est vrai. Il ne sait ni lire ni écrire, et ne s'en soucie point. En cultivant la terre féconde qu'il habite, en plantant des arbres fruitiers, ou en se livrant à quelques autres occupations très sagement recommandées par les sociétés philanthropiques, il pourrait, sans se donner beaucoup de peine, augmenter son bien-être matériel. Mais il a peu de besoins, et se contente du peu de ressources qu'il possède, des quelques piastres qu'il gagne dans ses courses de péon ou son labeur de sanjeador, d'une ration d'asado, d'une place le soir au foyer du rancho. Si, par quelque merveilleux hasard de fortune, il en vient à tenir entre ses mains une grosse somme d'argent, après en avoir employé une partie à renouveler son poncho et son chiripa, à acheter une paire de longs éperons et une bride étincelante, il est embarrassé des patacons qu'il attache à sa ceinture. A la première pulperia qui lui sourira sur son passage, il éprouvera le besoin de jouer cet excédent de richesse, et le jeu amène les querelles, les coups du cuchillo : fatal emploi du temps !

Que voulez-vous, son éducation est ainsi faite. Dès son bas âge, l'enfant du gaucho s'exerce avec le lasso à prendre les oiseaux ou les chiens qui passent devant sa porte. Plus tard il courra avec le même cordeau après les autruches et les génisses du pâturage. Dès qu'il peut mouvoir ses bras et ses jambes, son tendre père le hisse sur un cheval. Peu à peu il apprend à user du mors et de l'éperon, à lacer le tigre et le taureau. Lorsqu'il en est venu à s'élancer sans crainte sur les flancs du cheval indompté, à traverser à la nage les courants d'eau les plus rapides, à manier avec un louable sang-froid le lasso et le cuchillo, c'est un homme accompli. Son existence est assurée, et, pour peu qu'il ait d'ambition, ses qualités de gaucho peuvent le conduire à un haut rang. C'est par là que les colonels, les généraux de la république Argentine ont commencé leur carrière.

Les vieillards qui se souviennent du temps passé disent que le gaucho de nos jours n'est déjà plus le magnifique gaucho d'autrefois. Hélas! tout s'altère en ce monde, les mœurs les plus originales et les types les plus imposants. C'est en vain que les plaines de l'Amérique du Sud affectent dans leur sombre majesté un morne dédain pour les œuvres factices de la civilisation; en dépit de la longueur des distances, des rivières sans pont, des fleuves sans bateau, les philtres de la civilisation pénètrent jusqu'au sein des pampas. Ils y entrent avec les flacons de la pulperia, les objets de fantaisie de la cargaison du marchand. Ils pénètrent peu à peu dans l'intérieur des ranchos et en dénaturent les coutumes traditionnelles.

Il y a dans l'histoire séculaire des gauchos

trois époques distinctives. Jadis, lorsqu'un gaucho égorgeait un de ses rivaux, il appelait ses compagnons à se réunir autour de sa victime gisant sur le sol, et jouait aux cartes sur le cadavre. Première époque. Plus tard, le gaucho allume des cierges de chaque côté de celui qu'il vient de massacrer et se met en prière. Deuxième époque. Nous en sommes à présent à la troisième époque, qui accuse une profonde dégénérescence. On peut voir le gaucho assis auprès d'un de ses voisins, lui dire tranquillement en vidant un verre d'eau-de-vie : « J'ai envie de te tuer. — Pourquoi? reprend l'autre sans s'émouvoir. — Parce que je te hais ! » Et les couteaux sortent du fourreau, et le sang jaillit, et en un clin d'œil il y a un homme de moins dans la république Argentine. Mais alors le meurtrier se hâte de monter à cheval, et s'enfuit pour échapper aux poursuites de la justice. O mânes de ses aïeux, couvrez-vous la face de vos deux mains pour ne pas voir cette fuite honteuse !

Souvent même, tant les temps sont changés! le descendant du gaucho dont la main ne portait que des coups mortels recule devant cet acte décisif, et se contente d'une blessure. « Je ne te tuerai pas, dit-il à celui qui l'a offensé; je me contenterai de t'imprimer ma marque. » Et du tranchant de son couteau il lui balafre le visage.

Quand on a vu le genre de vie des gauchos, cet exercice unique des forces physiques, cette lutte perpétuelle contre les animaux, cet isolement dans lequel, par l'ignorance et l'oisiveté, se développent sans contrepoids les tendances les plus brutales, cet usage incessant du lasso et du cuchillo, tout, jusqu'à ces quartiers de chairs qui composent leur seule nourriture, il est aisé de comprendre qu'ils ne s'étonnent point d'un acte de violence, que dans un moment de colère ils fassent couler le sang de l'homme, comme ils font chaque jour couler celui des bœufs.

Cependant ces scènes affreuses deviennent de plus en plus rares. On les raconte avec horreur, et l'on flétrit du nom de *malo gaucho* celui qui se laisse aller à ces féroces emportements. Le vrai gaucho est en général honnête et loyal, fidèle à ses amis, et très hospitalier envers l'étranger. Il n'est personne qui, en entrant dans un rancho, n'ait été frappé du caractère de franchise et de dignité avec lequel le maître de l'habitation accueillera un hôte inconnu. Quelle que soit la pauvreté de sa demeure, il sait que c'est sa demeure. Elle lui suffit, et il garde le sentiment de sa force et de sa liberté.

Si les missions des jésuites avaient pu s'étendre sur un plus vaste espace, et surtout si elles n'avaient pas été si vite brisées dans ce pays par la défiante politique de l'Espagne, elles auraient éclairé cette race d'hommes dont les aïeux étaient de braves soldats. Abandonnés à eux-mêmes, sans guide, sans remontrance dans les grossières conditions de leur solitude, ou emportés dans le désordre des guerres civiles, ils en sont venus à leur état de torpeur intellectuelle ou d'égarement moral. Mais de même qu'ils portent sur leur figure l'empreinte distinctive de leur noblesse espagnole, ils en ont encore le signe dans le cœur. Pour être comprimé et assoupi, l'élément de vertu castillane n'en subsiste pas moins dans leur sein. Un jour, avec leur trempe énergique, avec l'appui et les enseignements de l'émigration européenne, ils formeront une grande et forte population.

FIN

TABLE

23662. — Tours, impr. Mame,

Original en couleur

NF Z 43-120-B

www.ingramcontent.com/pod-product-compliance
Ingram Content Group UK Ltd.
Pitfield, Milton Keynes, MK11 3LW, UK
UKHW021226140726
13695UKWH00002B/792